Anonymus

Der neue Menoza oder Geschichte des cumbanischen Prinzen Tandi

Eine Komödie

Anonymus

Der neue Menoza oder Geschichte des cumbanischen Prinzen Tandi
Eine Komödie

ISBN/EAN: 9783743351974

Hergestellt in Europa, USA, Kanada, Australien, Japan

Cover: Foto ©Andreas Hilbeck / pixelio.de

Manufactured and distributed by brebook publishing software
(www.brebook.com)

Anonymus

Der neue Menoza oder Geschichte des cumbanischen Prinzen

Tandi

Der
neue Menoza.

Oder
Geschichte
des
cumbanischen Prinzen Tandi.

Eine Komödie.

Leipzig,
in der Weygandschen Buchhandlung.
1774.

Perſonen:

Herr v. Bieberling, wohnhaft in Naumburg.

Frau v. Bieberling.

Wilhelmine, Tochter.

Der Prinz Tandi.

Der Graf Camäleon.

Donna Diana, eine ſpaniſche Gräfin.

Babet, ihre Amme.

Hr. v. Zopf, ein Edelmann aus Tyrol.

Hr. Zierau, Bakkalaureus.

Der Burgermeiſter, ſein Vater.

Der Magiſter Beza, an der Pforte.

Bediente, u. ſ. w.

Der Schauplatz iſt hie und da.

A 2

Erster Akt.

Erste Scene,

Zu Naumburg.

Herr von Bieberling tritt auf mit dem Prinzen zur Frau von Bieberling und Wilhelminen.

Herr von Bieberling.

Hier Frau! bring ich Dir einen Gast. Wir haben in Dresden in einem Hause gewohnt, und da er die Reise nach Frankreich über Naumburg zu machen hatte, schlug ich ihm vor, bey mir einzukehren und meine Gärten ein wenig in Augenschein zu nehmen.

Frau v. Bieberling.   Ich bin sehr erfreut —

Herr v. Bieberling.   Es ist keiner von den Alltagspassagierern, Frau! es ist ein Prinz aus einer andern Welt, der unsere Europäische Welt will kennen lernen und sehen, ob sie des

Rüh:

Rühmens auch wohl werth sey. Also müssen wir an unserm Theil unser Bestes thun, ihm eine gute Meinung von uns beyzubringen. Denk einmal, bis in Cumba hinein bekannt zu werden, ein Land, das nicht einmal auf unserer Landcharte steht.

Frau v. Bieberling. Es ist ein unerwartetes Glück für unser Haus, daß ein Reisender von so hoher Geburt —

Prinz. Nun genug, meine Freunde, (setzt sich) ich bin von keiner hohen Geburt. Wenn Sie mir den Aufenthalt angenehm machen wollen, so gehen Sie mit mir um, wie mit Ihrem Sohne.

Hr. v. Bieberl. Das wollen wir auch. (setzt sich zu ihm) Sitz nieder, Frau! Mine! kannst zu uns sitzen. Was wollt ich doch sagen, weil Sie denn haben wollen, daß wir geradzu mit Ihnen umgehen — Peter! ist das Gepäck eingebracht? — so erzählen Sie mir doch einmal so was von Ihrer Reise, Prinz, von Ihren Abentheuern, Sie haben doch zum Element ein gut Stück Weges gemacht, da läßt sich schon was davon erzählen. Und wie sind Sie auf den Einfall gekommen, zu reisen, wenn ich fragen darf?

Prinz.

Prinz. Land und Leute regieren, und nicht Menschen kennen, dünkt mich, wie ein Rechenmeister, der Pferde bereiten will.

Hr. v. Biederl. Oder wie unser Hr. Magister Beza an der Pforte, ha ha ha. Aber sagen Sie mir doch, wer hat Ihnen dann was von Europa gesagt, da wir kluge Europäer doch kein Wort von dem Königreiche Cumba wissen, potz Sapperment.

Prinz. Ich bin in Europa gebohren. Eine Mission Jesuiten nahm mich nach Asien mit.

Hr. v. Biederl. Aber, ey! ey! ... wie sind Sie denn Prinz worden, daß ich fragen darf?

Prinz. Wies in der Welt geht, das Glück wälzt Berg auf, Berg ab, bin Page worden, dann Leibpage, dann adoptirt, dann zum Thronfolger erklärt, dann wieder gestürzt, Bergunter gerollt bis an die Hölle! ha ha ha!

Hr. v. Biederl. Gott behüt! wie das? wie das?

Prinz. Die Geschichte ist langweilig und schändlich. Ein Weib, die Königin ——

Hr.

Hr. v. Biederl. Und was denn mit den Weibern, das sag ich immer, die Weiber sind an allem Unglück in der Welt schuld. O ich bitte Sie, erzählen Sie doch fort.

Prinz. Ich sollt ihres Gemahls Ehebett beflecken, eines Mannes, der mich mehr liebte, als sich selbst, und sein Weib mehr als uns alle beyde. Als ich nicht wollte, kam ich auf den Pyramidenthurm, auf dem alle die langsam sterben, die sich an der Person des Königs oder der Königin vergreifen. Die Furcht, ich würde die Wahrheit verrathen, machte sie mit jedem Tage grausamer. Alle Tage ward ich einen Stock höher in ein engeres Gefängniß geführt, bis ich am dreissigsten Tage mich in einer schwindelnden Höhe befand, zwischen vier Mauren, die so eng waren, das sie kaum Fußgestell einer Statue gaben. Und doch, nachdem ich eine Nacht in diesem abscheulichen Aufenthalte zugebracht, faßt' ich den Entschluß, mich hinabzustürzen —

Fr. v. Biederl. Hinabzustürzen — — o weh mir!

Prinz. Stellen Sie sich eine Tiefe vor, die feucht und neblicht alle Kreaturen aus meinem Gesichte entzog. Ich sah in dieser fürchterlich-

blauen

blauen Ferne nichts als mich selbst, und die Bewegung die ich machte, zu springen. Ich sprang —

Fr. v. Biederl. Meine Tochter —

Hr. v. Biederl. (springt auf) Was ist, Narre! Mine! was ist (sie suchen Wilhelminen zu ermuntern, die in Ohnmacht liegt.)

Prinz. Ich bin vielleicht mit Ursache — o meine einfältige Erzählung zur Unzeit!

Hr. v. Biederl. Zu Bett, zu Bett mit ihr. O Jemir, was sind doch die Weibsen für Geschöpfe! O ihr Papiergeschöpfe ihr!

Zweyte Scene
in Dresden.

Graf Camäleon. Sein Verwalter.

Graf.

Ihr müßt die Gebäude innerhalb vier Monathen fix und fertig liefern, mag's kosten was es wolle, daß der Hauptmann Liederling noch vor der Saatzeit seine Pacht antreten kann.

Verwalter. Und ists nicht erlaubt zu fragen, was er Sie zahlt?

Graf.

Graf. Darum bekümmert euch nicht, wir sind eins worden, die Sache ist nicht mehr rück= gängig zu machen.

Verwalter. Wenn ich Ihnen aber einen stelle, der mehr zahlen thut, als der Hauptmann zahlen wird, verzeihen Sie mir, gnädiger Herr! ich rede aufrichtig, ich weis, was aus dem Gute zu machen ist, wer's versteht, darnach hab ich eine Schenke in Naumburg und der Weinbau und das Dings alles — es kann Ihnen keiner so viel zahlen als ich, Herr Graf. Das ist nur nichts.

Graf. Ein für allemal.

Verwalter. Wenn ich Sie aber noch ein= mal so viel biete.

Graf. Er bietet mir gar nichts, daß ihrs wißt und mich zufrieden laßt. Er ist mein gu= ter Freund und ich hab ihn unter meinen Pacht= gütern eins aussuchen lassen, das zu seinen öko= nomischen Projekten am gelegensten ist.

Verwalter. Was ökonomische Projekte, er bringt sich um Haab und Gut, der gute Herr Hauptmann, dazu muß man einen ganz andern Beutel haben, als er —

Graf. Schweigt und gehorcht.

Ver=

Verwalter. O Himmel! die Gräfin kommt.

Donna Diana mit zerstreutem Haar tritt herein. Der Graf springt auf.

Graf. Was giebts, Donna?

Donna. Meines Lebens nicht sicher.

Graf. Was denn? wo kommen Sie her?

Donna. (wirft sich in einen Stuhl) Gustav — verfluchter Graf! was hast Du für Bediente?

Graf. Gustav — Ihnen nach dem Leben?

Donna. Hätt ich nicht Gegengift bey mir gehabt, so wär's aus jetzt.

Graf. Wo ist er?

Donna. In der Welt. Mit Kutsch und Pferden fort. Wir waren zwey Stund von Dresden, er machte mir Schokolate und als ich nicht geschwind genug sterben wollte, griff er mir an Hals und —

Graf. Gift —

Donna. Auf mein Geschrey der Wirth. Er sagt, er hätte mich wollen zum Erbrechen bringen.

gen. Und derweil der Wirth mir Hülf schaffte, springt er auf den Bock und fort —

Graf. Nachgesetzt Leute, augenblicks — (mit dem Verwalter ab)

Donna. Wenn ich dem Kerl nur in meinem Leben was zu Leide gethan hätte! Es ärgert mich nichts mehr, als daß er mich unschuldiger Weise umbringen will. Hätt' ich das gewußt, ich hätt ihm die Augen im Schlafe ausgestochen, oder Successionspulver eingegeben, so hätt er doch Ursache an mir gehabt. Aber unschuldiger weise — — ich möchte rasend werden.

Dritte Scene
in Naumburg.

Herr v. Biederling. Frau v. Biederling.
Frau v. Biederling.

Was denn? wenn Du Dein Pachtgut beziehst? Bist Du nicht gescheidt im Kopf? was sollen wir mit einer fremden Mannsperson anfangen?

Hr. v. Biederling. Es ist ja aber ein verheiratheter Mann, was willst Du denn? Und

und krank dazu, will den Brunnen hier trinken; kann man ihm die kleine Gefälligkeit nicht gestatten, da er mir Haus und Hof eingiebt auf achtzehn Jahr?

Fr. v. Biederl. Da er Dir einen Strick giebt, Dich aufzuhängen. Das letzte wird aufgehn, was wir noch aus dem Schiffbruche des Kriegs und Deiner Projekten gerettet haben, wir werden zu Grunde gehen, ich seh es zum voraus.

Hr. v. Biederl. Du siehst immer, siehst — den Himmel für eine Geige an. Mit euren Einsichten solltet ihr doch zu Hause bleiben, Madam Weiber. Sorg, daß Du uns was zu essen auf den Tisch schaffst, mir und meinem lieben Calmuckenprinzen, fürs übrige laß Du den lieben Gott sorgen und Deinen Mann. Hör noch, über einige Wochen krieg ich noch einen Gast, auf den Du Dich wohl nicht versiehst — dem Du mir ordentlich begegnen mußt, rüste Dich nur drauf — aus Triest.

Fr. v. Biederl. Herr von Zopf?

Hr. v. Biederl. Den Nagel auf dem Kopf getroffen. — Nun was soll das Erstaunen und die

die starren Augen da? Er ist ein ehrlicher Mann, ich hab mit ihm ausgeredet. —

Fr. v. Biederl. Rabenvater!

Hr. v. Biederl. Er wartet nur noch in Dresden auf die Seidenwürmereyer, die er mir bringen soll, so — —

Fr. v. Biederl. Ja wenn's Seidenwürmer wären, aber so sinds nur Deine Kinder. O Himmel! strafst du mich so hoch, daß ich so spät erst einsehen muß, was ich an meinem Manne habe.

Hr. v. Biederl. So schweige Sie still, Komödiantin! Kein Wort von der Affaire mehr, ich bitte mirs aus. Es ist alles abgethan, das sind keine Weibersachen.

Fr. v. Biederling. Ich mich um meinen Sohn nicht bekümmern?

Hr. v. Biederl. Je nun, Deinen Sohn, kannst Du ihn mit Deinem Bekümmern lebendig machen? Wenn es dem lieben Gott gefallen hat, das Unglück über uns zu verhängen —

Fr. v. Biederl. Dem Herrn von Biederling hats gefallen. Kindermörder! Was hab ich gesagt, als Du ihn dem Zopf anvertrautest, was

was hab ich gesagt? Aber Du wollteſt ihn ins
Waſſer werfen, Du wollteſt ſeiner los ſeyn —
Geh mir aus den Augen, Böswicht! Du biſt
mein Mann nicht mehr —

Hr. v. Bieberl. Was denn? Tratarat, daß
das Donner Hagel tauſend Wetter, was willſt
Du denn von mir? biſt toll geworden? Ja
da war wohl groß Frage, wem unſern Sohn
anvertrauen? wenn ein Zigäuner kommen wäre, ich hätt ihm Dank geſagt. Wenn man ins
Feld ſoll und nichts zu beiſſen und zu brechen,
haſt wohl viel Ehr zu raiſonniren und hat den-
ſelben Tag ſich die Augen bald blind geweint
für Hunger — ja da plärrt ſie, wenn man ihr
auf den Zeh tritt, weil ſie jetzt im Ueberfluß
ſitzt, ſo möcht ſie gern vergeſſen, wo ihr der
Schuh gedrückt hat.

Fr. v. Bieberl. Iſt eine unglücklichere
Frau unter der Sonnen als ich? (geht fort)

Hr. v. Bieberl. Ja warum nicht unter
dem Mond lieber? (ab)

Vier-

Vierte Scene.

Wilhelmine sitzt auf einem Sopha in tiefen
Gedanken. Der Prinz tritt herein, sie wird
ihn erst spät gewahr und steht etwas
erschrocken auf.

Prinz. (nachdem er sie ehrerbietig gegrüßt)

Verzeihen Sie — Ich glaubt' Ihre Eltern
bey Ihnen (entfernt sich)

(Wilhelmine, nachdem sie ihm einen tiefen
Knicks gemacht, fällt wieder in ihre vorige
Stellung.)

Fünfte Scene.

Graf Camäleon. Herr v. Biederling. Frau
v. Biederling.

Herr v. Biederling.

Warum bringen Sie uns denn die Frau Gemahlin nicht mit?

Graf. Meine Frau? — Wer hat Ihnen gesagt, daß ich verheirathet sey?

Hr. v. Biederling. In Dresden, die ganze
Stadt — Verzeihen Sie, die Spanische Gräfin, die Sie mitgebracht haben —

Graf.

Graf. Ist meine Brudersfrau.

Hr. v. Biederling. Des Herrn Bruders, der noch in Spanien ... o! o! o! Denk doch, denk doch! und ich habe ganz gewiß geglaubt — nehmen Sies aber nicht übel —

Graf. Er wird ehestens auch ins Land kommen —

Fr. v. Biederling. Wie kommt es, daß wir so unvermuthet das Glück haben —

Graf. Ich hab meinen Entschluß ändern müssen, gnädige Frau! ich komme nicht her, Cur zu trinken, ein unvorgesehner Unglücksfall zwingt mich, diesen Zufluchtsort zu suchen.

Hr. v. Biederl. Doch wohl kein Duell — da sey Gott vor.

Graf. So ist es, die Gerechtigkeit verfolgt mich, und meine schwächliche Gesundheit hindert mich, aus dem Land zu gehen. Ich habe den Grafen Erzleben erschossen.

Fr. v. Biederl. Gott!

Hr. v. Biederl. So muß es kein Mensch erfahren, daß er hier ist, hörst Du! unsere Tochter selber nicht, keine menschliche Seele, ich

denke,

denke, wir logiren ihn ins Gartenhäuschen, ist
ja ein Kamin drin, sich des Abends ein klein
Feuer anzumachen, weil doch die Nächte noch
kalt sind, ich will ihm das Essen allezeit selber —
oder nein, nein zum Geyer, da merkt man's,
ich will im Gartenhaus immer mit ihm essen,
als thät ichs vor mein Plesir, und Du mußt
mir immer das Essen hintragen, liebes Suß-
chen! willt Du?

Graf.   Was haben Sie für Hausgenos-
sen?

Hr. v. Biederl.   Niemand als einen india-
nischen Prinzen, das der scharmanteste artigste
Mann von der Welt ist, er denkt diesen Som-
mer noch in Paris zu seyn.

Graf.   Der würde mich wohl nicht verrathen.

Hr. v. Biederl.   Nein, gewiß nicht. Soll
ich ihm erzählen?   Aber ich erwarte da noch
einen guten Freund, das freilich mein guter
Freund auch ist, aber doch möcht ich ihm so
was — sehen Sie, er ist ein großer Verehrer
von den Jesuiten, weis es der Henker, was er
immer mit ihnen hat — — nein, nein, wie
ich gesagt habe, sie bleiben im Gartenhäuschen

und

und so wollen wir das machen, sonst könnte uns der Zopf überfallen.

Graf. Ihr Pachtgut soll Ihnen aufs eheste eingeräumet werden, ich hab Briefe von meinem Verwalter, die Gebäude werden bald unter Dach seyn. Es sind einige Koppel auch schon zu Baumschulen eingehegt, wenn Sies mit Ihren Maulbeerbäumen versuchen wollen.

Hr. v. Biederl. O gehorsamer Diener, gehorsamer Diener! Zopf wird mir einige hundert mitbringen. Aber so mach denn, Frau, daß das Gartenhäuschen aufgeputzt — wollen wirs beschen? sehen Sie unsere Schlafkammer führt gerad in den Garten und da ists nur fünf Schritt. — Sie können in Abrahams Schooß nicht sicherer seyn.

Sechste Scene.
Garten.

Der Prinz schneidet einen Namen im Baum.

Wachs itzt — (küßt ihn) wachs itzt — — nun genug, (geht, sieht sich um) er dankt mir, der Baum. Du hasts Ursach. (ab)

B 2   Sie-

Siebende Scene.
Des Prinzen Zimmer.

Er sitzt an einem Tisch voll Büchern, eine Land=
charte vor sich. Zierau, ein Bakkalau=
reus, tritt auf.

Zierau.

Ihr unterthänigster Diener, mein Prinz!

Prinz. Der Ihrige. Wer sind Sie?

Zierau. Ein Bakkalaureus aus Wittenberg,
doch hab ich schon über drey Jahr in Leipzig
den Musen und Grazien geopfert.

Prinz. Was führt Sie zu mir?

Zierau. Neugier und Hochachtung zugleich.
Ich habe die edle Absicht vernommen, aus
welcher Sie Ihre Reise angetreten, die Sitten
der aufgeklärtesten Nationen Europens kennen
zu lernen und in Ihren väterlichen Boden zu
verpflanzen.

Prinz. Das ist meine Absicht nicht. Ja,
wenn die Sitten gut sind — — setzen Sie
sich — —

Bakkalaureus. (setzt sich) Verzeihen Sie!
Die Verbesserung aller Künste, aller Disciplinen
und

und Stände ist seit einigen tausend Jahren die
vereinigte Bemühung unserer besten Köpfe gewe=
sen, es scheint, wir sind dem Zeitpunkte nah,
da wir von diesen herkulischen Bestrebungen
endlich einmal die Früchte einsammlen und es
wäre zu wünschen, die entferntesten Nationen
der Welt kämen, an unsrer Ernte Theil zu neh=
men.

Prinz. So?

Zierau. Besonders da itzt in Deutschland
das Licht der schönen Wissenschaften aufgegan=
gen, das den gründlichen und tiefsinnigen
Wissenschaften, in denen unsere Vorfahren Ent=
deckungen gemacht, die Fackel vorhält und uns
gleichsam jetzt erst mit unsern Reichthümern be=
kannt macht, daß wir die herrlichen Minen und
Gänge bewundern, die jene aufgehauen, und ihr
hervorgegrabenes Gold vermünzen.

Prinz. So?

Zierau. Wir haben itzt schon seit einem
Jahrhunderte fast, Namen aufzuweisen, die
wir kühnlich den größesten Genies unserer Nach=
barn an die Seite setzen können, die alle zur
Verbesserung und Verfeinerung unsrer Nation
geschrieben haben, einen Beßer, Gellert, Rab=

B 3   ner,

ner, Dusch, Schlegel, Utz, Weiße, Jacobi, worunter aber vorzüglich der unsterbliche Wieland über sie alle gleichsam hervorragt, ut inter ignes luna minores, besonders durch den letzten Traktat, den er geschrieben und wodurch er allen seinen Werken die Krone scheint aufgesetzt zu haben, den goldenen Spiegel, ich weiß nicht, ob Sie schon davon gehört haben, meiner Einsicht nach sollte ers den diamantenen Spiegel heißen.

Prinz. Wovon handelt das Buch?

Zierau. Wovon? ja es ist sehr weitläuftig, von Staatsverbesserungen, von Einrichtung eines vollkommenen Staats, dessen Bürger, wenn ich so sagen darf, alle unsere kühnsten Fiktionen von Engeln an Grazie übertreffen.

Prinz. So? und wo findet man diese Menschen?

Zierau. Wo? he he, in dem Buche des Herrn Hofrath Wieland. Wenns ihnen gefällt, will ich gleich ein Exemplar herbringen.

Prinz. Geben Sie sich keine Mühe, ich nehme die Menschen lieber wie sie sind, ohne Grazie, als wie sie aus einem spitzigen Federkiel hervor hervorgehen. — Haben Sie sonst noch etwas?

Zierau. Ich wollte Eurer Hoheit in tiefster Unterthänigkeit — — Herr Wieland hat seinen goldenen Spiegel dem Kaiser von Scheschinschina zugeeignet und ich, durch ein so grosses Beyspiel kühn gemacht (zieht ein Manuscript hervor) ich hab ein Werk unter Händen, das, wie ich hoffe, zum Wohl des Ganzen nicht weniger beytragen wird, der Titel ist ganz bescheiden, aber ich denke die Erwartung meiner Leser zu überraschen „die wahre Goldmacherey; oder, unvorgreifliche Rathschläge, das goldene Zeitalter wieder einzuführen; oder, ein Versuch, das goldene Zeitalter,, — — ich bin mit mir selbst noch nicht einig (überreicht ihm lächelnd das Manuscript.)

Prinz. Und worin bestehn Ihre Rathschläge, wenn ich bitten darf? geben Sie mir einen Blick in Ihre Geheimnisse!

Zierau. Worin? — — Das will ich Ihnen sagen. Es soll Ihnen doch dedicirt werden, also: (sieht sich um: etwas leise) Wenn vors erste die Erziehung auf einen andern Fuß gestellt, würdige und gelehrte Männer an den Schulen, auf den Akademien, wenn die Geist-

B 4 lichkeit

lichkeit aus lauter verdienſtvollen, einſichtsvollen
Leuten ausgewählt, weder Mucker und Fanati=
ker, noch auch bloſſe Bauchdiener und Faullen=
zer, wenn die Gerichte aus lauter erfahrenen,
rechtsgeübten, alten, ehrwürdigen, wenn der
Unterſcheid der Stände, wenn nicht Geburt
oder Geld, ſondern blos Verdienſt, wenn der
Landesherr, wenn ſeine Räthe — —

Prinz. Genug, genug, mit all euren
Wenns wird die Welt kein Haar beſſer oder
ſchlimmer, mein lieber ehrwürdiger Herr Au=
tor. Vergebt mir, daß ich euch an den Pabſt
erinnere, der auch einem aus euren Mitteln ſein
Goldmacherbuch (giebt ihm das Manuſcript zu=
rück) — Und hiemit Gott befohlen.

Bakkalaureus. Entweder fehlt es ihm an
aller Cultur, oder der gute Prinz iſt überſpannt
und gehört aux petites maiſons.   (ab.)

Zwey=

Zweyter Akt.

Erste Scene.

Nacht und Mondschein im Garten. Wilhelmine mit einem Federmesser in den Baum
schneidend.

Es ist gewagt. Wer es auch war, der meinen Namen herschnitt. — — (steht eine
Zeitlang und sieht ihn an) Ich möchte alles wieder ausmachen, aber des Prinzen Hand — —
ja es ist seine, wahrhaftig es ist seine, so küh-
ne, muthige Züge konnte keine andere Hand thun
(sie windt Ephen um den Baum) So! grünt itzt
zusammen: wenn er selber wieder nachsehen
sollte - - - o ich vergehe. Ich muß (fällt auf den
Baum her und will ihn abschelen) O Himmel! wer
kommt da! (läuft fort.)

Prinz tritt auf.

Ihr Sterne! die ihr frölich über meinem
Schmerz daher tanzt! du allein, mitleidiger

Mond

Mond — — bedaure mich nicht. Ich leide
willig. Ich war nie so glücklich, als auf dieser
Folter. Du unendliches Gewölbe des Himmels!
du sollst meine Decke diese Nacht seyn. Noch
zu eng für mein banges Herz. (wirft sich nieder
in ein Gesträuch.)

**Graf Camäleon tritt auf mit Wilhelminen,
die sich sträubt.**

Graf. Wo wollen sie hin? — — Sie
wissen itzt meine ganze Geschichte. So kommen sie doch nur ins Gartenhaus, wenn Sie
mir nicht glauben wollen.

Wilhelmine. Ich glaube Ihnen.

Graf. So lassen Sie uns doch den Abend
im Garten geniessen, mein englisches Fräulein!
er ist gar zu einladend.

Wilhelmine. Ich muß fort — —

Graf. Reitzende Blödigkeit! halten Sies
für so gefährlich, mit einem kranken Manne im
Garten zu spazieren? ich will nichts als gesund werden, Sie können mich gesund machen,
ein Wort, ein Athem von Ihnen.

Wilhelmine. Meine Mutter —

Graf

Graf. Laß sie sie hier aufsuchen, sehen Sie, ich trotze Ihrem Mißtrauen.

Wilhelmine. Wollen Sie mich loslassen?

Graf. Nein, ich laß dich nicht, meine Göttin, bevor du mir erlaubt hast, dich anzubethen. (kniend)

Wilhelmine. Hülfe!

Graf. Grausame! willst du mir auch diese Glückseligkeit nicht — — (umfaßt ihre Knie und drückt sein Gesicht an dieselbe) Um diesen Augenblick nähm ich keine Königreiche, ich bin glücklich, ich bin ein Gott. —

Prinz mit blossem Degen.

Schurke! (Graf läuft davon)

Fräulein! ich darf Sie nicht verlassen, sonst würd ich diesem Buben nach und ihm sein zündbares Blut abzapfen. Ich will Sie aber vorher bis an Ihre Thür begleiten. (Beyde gehen stillschweigend ab.)

Zwey-

Zweyte Scene.
Das Gartenhaus.

Prinz. Graf sitzt am Camin.

Prinz.

Hier — — ich kenne euch — — aber seyd wer ihr seyd, ich fordere Rechenschaft von euch — — wenn euch euer Gewissen verfolgt, so dürft ihr den Tod nicht scheuen. Wo ist euer Degen?

Graf. (steht auf) Was wollen Sie von mir?

Prinz. Rechenschaft, Rechenschaft, blutige Rechenschaft. Nehmt euren Degen. Vielleicht seyd ihr damit so glücklich wie mit Pistolen.

Graf. Was hab ich gethan?

Prinz. Euch der Glorie der Schönheit unheilig genähert, die Drachen und Ungeheuer in ehrerbietiger Entfernung würde erhalten haben. Ihr seyd mehr als ein Raubthier, will sehen, ob ihr auch seinen Muth habt, euren Raub zu vertheidigen.

Graf. Ich soll mich mit Ihnen schlagen, ich kenne Sie nicht.

Prinz.

Prinz. Brauchſt Du zu kennen, um zu ſchlagen? (bricht eine Ruthe ab) · So ſey denn hiemit zum Schurken geſchlagen. Koth! Du verdienſt nicht, daß ich meinen Degen an Dir verunehre.

Dritte Scene
in Immenhof.

Donna Diana. Babet ihre Amme, einen Brief in der Hand.

Donna.

Lies vor, ſag ich Dir.

Babet. Auf meinen Knien bitt ich Sie, erlauben Sie mir, ihn unvorgeleſen zu verbrennen.

Donna. Eben jetzt will ich ihn hören und müßt ich davon auf der Stelle ſterben.

Babet. Wenn Sie ein Frauenzimmer wären wie andere, aber bey Ihrem großen Herzen, bey Ihrem edlen Blut, edler als Ihr Urſprung.

Donna. Was edler als mein Urſprung — — Hexe! wo Du mir meines Vaters auf eine unehrerbietige Art erwähnſt.

Babet.

Babet. Er ist todt.

Donna. Todt —— schweig stille! ——
ist er todt? —— halts Maul, sag mir nichts wei=
ter (nach einer Pause) Woran ist er gestor=
ben?

Babet. Darf ich?

Donna. Sag mir woran.

Babet. Weh mir!

Donna. (schlägt sie) Woran? oder ich
bohr Dir das Herz durch! woran? (sieht sich
nach einem Gewehr um)

Babet. An Gift.

Donna. An Gift? Das ist betrübt —
das ist arg — abscheulich. Ja an Gift——
also —— lies mir den Brief vor.

Babet. O wie mißhandeln Sie mich.
Wenn ich ihn aber lese, so ists um mich gesche=
hen.

Donna. Närrin! verdammte Hexe!

Babet. Sie werden mich umbringen.

Donna. Was ists mehr, wenn ein solcher
Balg umkommt? Ob ein Blasebalg mehr oder
weniger in der Welt — was sind wir denn an=
ders, Amme? ich halt mich nichts besser als
mei=

meinen Hund, so lang ich ein Weib bin. Laß uns Hosen anziehn, und die Männer bey ihren Haaren im Blute herumschleppen.

Babet. O Gott! was macht Ihre Lebens= geister so scharf? Ich hab Sie doch auch sanft= müthiger gesehen.

Donna. Wir wollens den Männern über= lassen, den Hunden, die uns die Hände lecken, und im Schlaf an die Gurgel packen. Ein Weib muß nicht sanftmüthig seyn, oder sie ist eine Hure, die über die Trommel gespannt wer= den mag. Lies Hexe! oder ich zieh Dir Dein Fell ab, das einzige Gut, das Du noch übrig hast, und verkauf es einem Paukenschläger.

Babet. (liest) „Wenn Dein Herz, nieder= trächtige Seele, noch des Schröckens fähig ist, denn alle andere Empfindungen haben es längst verlassen — Dein Vater starb an Gift. Wenn Dein Gemahl noch bey Dir ist, so sag ihm, ich werd ihm durch die Gerechtigkeit meinen Schmuck abfordern lassen, den ihr mir gestolen habt. Dir aber will ich hiemit den Schleyer abreissen, und Dir zeigen wer Du bist. Nicht meine Tochter, ich konnte keine Vatermörderin gebähren — Du bist — — vertauscht —,,

Donna.

Donna. Nicht weiter — — nicht weiter. — Gütiger Gott und alle Heiligen! Laß einen doch zu Athem kommen. (wirft sich auf einen Stuhl. Babet will fortschleichen, sie springt auf und reißt sie zur Erde) Verdammter Kobold! willst Du lesen?

Babet. (liest) Deine Mutter ist. . . .

Donna. Lies.

Babet. Weh mir.

Donna. Wo Du ohnmächtig wirst, so durchstoß ich, zerreiß ich Dich und mich.

Babet. Weh mir.

Donna. Wer ist es?

Babet. Ich.

Donna. So stirb! damit ich auch Muttermörderin werde. Nein. (hebt sie auf) Komm! (fällt ihr um den Hals und fängt laut an zu weinen) Nein Mutter! Mutter! (küßt ihr die Hand) Verzeih mir Gott, wie ich Dir verzeihe, daß Du meine Mutter bist. (fällt auf die Knie vor ihr) Hier knie ich und huldige Dir, ja ich bin Deine Tochter, und wenn Du mich mit Ruthen hauen willst, sag mirs, ich will Dir Dornen dazu abschneiden. Geissele mich, ich

hab

hab meinen Vater vergiftet, ich will Buße
thun.

Babet. Die Zukunft wird alles aufklären.
Lassen Sie mich zu Bett legen, ich halt's nicht
aus.

Vierte Scene.
des Prinzen Zimmer.

Herr von Biederling. Prinz Tandi.

Prinz.

Ich reise, aber nicht vorwärts, zurück! ich
habe genug gesehn und gehört, es wird
mir zum Eckel.

Hr. v. Biederling. Nach Cumba?

Prinz. Nach Cumba, einmal wieder Athem
zu schöpfen. Ich glaubt' in einer Welt zu seyn,
wo ich edlere Leute anträfe, als bey mir, grosse, vielumfassende, vielthätige — — ich er-
sticke. —

Hr. v. Biederling. Wollen Sie zur Ader
lassen?

Prinz. Spottet ihr?

C   Hr.

Hr. v. Biederllng. Nein in der That. —
Sie sind so blutreich, ich glaubte im haftigen
Reden wär Ihnen was zugestossen —

Prinz. In eurem Moraft erflicke ich —
treib's nicht länger — mein Seel nicht! Das
der aufgeklärte Welttheil! Allenthalben wo
man hinriecht, Läſſigkeit, faule ohnmächtige Be-
gier, lallender Tod für Feuer und Leben, Ge-
ſchwätz für Handlung — Das der berühmte
Welttheil! o pfuy doch!

Hr. v. Biederl. O erlauben Sie — Sie
sind noch jung, und denn sind Sie ein Fremder, und wiſſen ſich viel in unſere Sitten
zu rücken und zu ſchicken. Das iſt nur nichts
geredt.

Prinz. (faßt ihn an die Hand) Ohne Vor-
urtheil, mein Freund! ganz mit kaltem Blut —
ich fürchte mich, weiter zu gehen, wenn mein
Mißvergnügen immer ſo zunimmt wie bisher —
Aber wißt ihr, was die Urſache iſt, daß eure
Sitten nur Fremden ſo auffallen? — O ich mag
nicht reden, ich müßt' entſetzlich weit ausholen,
ich will euch zufrieden laſſen und nach Hauſe
reiſen, in Unſchuld meine väterlichen Beſitzthü-
mer zu genieſſen, mein Land regieren und

Mau-

Mauren herumziehn, daß jeder, der aus Europa kommt, erst Quarantaine hält, eh er seine Pestbeulen unter meinen Unterthanen vervielfältigt.

Hr. v. Bieberl. (zieht die Schultern zusammen) Das ist erstaunend hart, allerliebster Herr Prinz! Ich wünschte gern, daß Sie eine gute Meynung von uns nach Hause nähmen. Sie haben sich noch nicht um unsern Land- und Gartenbau bekümmert. Aber was, Sie sind noch jung, Sie müßten sich ein zehn, zwanzig Jahr wenigstens bey uns aufhalten, bis daß Sie lernten, wo wir es allen andern Nationen in der ganzen Welt zuvorgethan.

Prinz. Im Betrügen, in der Spitzbüberey.

Hr. v. Bieberl. (ärgerlich) Ey was? was? ich redte vom Feldbau und Sie —

Prinz. (faßt ihn an die Hand) Alles zugestanden — ich baue zuerst mein Herz, denn um mich herum — alles zugestanden; ihr wißt erstaunlich viel, aber ihr thut nichts — ich rede nicht von Ihnen, Sie sind der wackerste Europäer, den ich kenne.

Hr.

Hr. v. Biederl. Das bitt ich mir aus, ich schaffe den ganzen Tag.

Prinz. Ich wollte sagen, ihr wißt nichts; alles, was ihr zusammengestoppelt, bleibt auf der Oberfläche eures Verstandes, wird zu List, nicht zu Empfindung, ihr kennt das Wort nicht einmal; was ihr Empfindung nennt, ist verkleisterte Wollust, was ihr Tugend nennt, ist Schminke, womit ihr Brutalität bestreicht. Ihr seyd wunderschöne Masken mit Lastern und Niederträchtigkeiten ausgestopft, wie ein Fuchsbalg mit Heu, Herz und Eingeweide sucht man vergeblich, die sind schon im zwölften Jahre zu allen Teufeln gegangen.

Hr. v. Biederl. (ganz hastig) Leben Sie wohl — (kommt zurück) Wenn Sie Lust haben, mit mir einen Spaziergang haussen vorm Thor auf mein Gut — — aber wenn Sie was zu thun haben, so scheniren Sie sich meinentwillen nicht — —

Prinz. Ich will heut Abend reisen.

Hr. v. Biederl. Ey so behüt und bewahr — — was haben wir Ihnen denn zu Leid gethan?

Prinz.

Prinz. Wollen Sie mir Ihre Tochter mitgeben? Ich geh nach Cumba zurück.

Hr. v. Biederl. Mitgeben? meine Tochter? was wollen Sie damit sagen?

Prinz. Ich will Ihre Tochter zu meiner Frau machen.

Hr. v. Biederl. Ta ta ta, ein, zwey, drey und damit fertig. Nein, das geht so geschwind bey uns nicht, Herr!

Prinz. Biet' ihr das Königreich Cumba zur Morgengabe, die Königin meine Mutter ist todt, hier ist der Brief, und mein Vater, der meine Unschuld von Alkaln, meinem Freunde, erfahren, räumt mir Reich und Thron ein, sobald ich wieder komme.

Hr. v. Biederl. Ich will es alles herzlich gern glauben, aber —— —

Prinz. Will den Eid beym Allmächtigen schwören.

Hr. v. Biederl. Ja Eid - - was Eid - - -

Prinz. Europäer!

Hr. v. Biederl. Und wenn dem allen so wär auch —— —— meine Tochter einen so weiten Weg machen zu lassen?

C 3   **Prinz.**

Prinz. Iſts der Vater, was aus Die ſpricht?

Hr. v. Biederl. Ey Herr! es iſt — nennen Sies, wie Sie wollen.

Prinz. So will ich, des Vaters zu ſchonen, fünf Jahr in Europa bleiben. Ihre Tochter darf mich begleiten, wohin ſie Luſt hat, weit herum werd ich nicht mehr reiſen, nur einige Standpunkte noch nehmen, aus denen ich durchs Fernglas der Vernunft die Nationen beſchaue.

Hr. v. Biederl. Freylich! was, in Naumburg iſt nichts zu machen. Es müßte denn ſeyn, daß Sie hier auf dem Land herum die Landwirthſchaft ein wenig erkundigten, wollen Sie mich morgen nach Roſenheim begleiten, das iſt das Pachtgut, das der Herr Graf mir geſchenkt hat, ſo gut als geſchenkt wenigſtens — —

Prinz. Der Graf ſoll Ihnen nichts ſchenken, ich kauf' es Ihnen zum Eigenthum.

Hr. v. Biederl. Kaufen — lieber Herr Prinz —

Prinz. So ſey das vor der Hand meine Morgengabe.

Hr. v. Biederl. Ich werd' ihn aber beleidigen, wenn ich ihm was anbiete.

Prinz.

Prinz. Sie sollen ihn beleidigen, er hat Sie beleidigt, das Gastrecht verletzt, das uns heiliger seyn sollte, als Gottesdienst.

Hr. v. Biederl. Wie so? wie so? das scheint Ihnen nur so, er hat mit meiner Tochter nichts Böses im Sinn gehabt.

Prinz. Ihr seyd nicht Väter, Europäer! wenn ihr euch unmündig macht. Wer eines Mannes Kind verlüderlicht, der hat ihn an seinem Leben angetastet.

Hr. v. Biederl. Der Teufel soll ihn holen, wenn ich ihm zu Dach steige.

Prinz. Nehmen Sie den Vorschlag mit Ihrer Tochter in Ueberlegung und sagen Sie mir wieder, ob Sie sich stark genug fühlen, nach fünf Jahren Ihr Kind auf ewig aus den Armen zu lassen. Wenn nicht, so wickle ich mich in meinen Schmerz ein und reis' ohne Klage heim.

Fünf=

Fünfte Scene.

Graf Camäleon. Frau v. Bieberling.

Graf.

Sie sehen, gnädige Frau! wie die Sachen stehen. Meine ganze Ruhe, meine ganze Glückseligkeit in Ihren Händen. — — O Schicksal, warum mußte meines Gegners Kugel mich fehlen!

Frau v. Bieberling. Ja, ich leugne nicht, Herr Graf! daß ich nicht noch unendlich viel Schwürigkeiten dabey voraussehe, nicht blos auf meiner Seite, ich versichere Sie, denn was ich bey der Sache thun kann —

Graf. O meine gnädige (küßt ihr die Hand) gnädige Frau! nicht halb so viel, als Sie sich einbilden, verzeihen Sie mir meine Dreistigkeit. Alles, alles beruht blos auf Ihre Einwilligung. Ihre Fräulein Tochter ist Ihr Conterfait, alles was ich von Ihnen erhalten kann, ist mir auch von ihr gewiß. Ein Kuß auf Ihre schönen Wangen, auf denen die Sonne in ihrem Mittage erscheint, (küßt sie) gilt mir eben das,

was

was ein Kuß auf die Morgenröthe von Wilhelminens —

Frau v. Biederling. Sie sind sehr galant, Sie werden nicht erwarten, daß ich Ihnen das beantworte. In Naumburg ist der Umgang auf keinen so hohen Ton gestimmt.

Graf. Aber, gnädige Frau! was geben Sie mir denn für Antwort? soll ich leben oder sterben, verzweifeln oder hoffen?

Fr. v. Biederl. Die Antwort müßten Sie von meiner Tochter, meinem Mann —

Graf. Sie sind Ihre Tochter, Sie sind Ihr Mann. Ich hab Vermögen, gnädige Frau! aber es ist mir zur Last, wenn ichs nicht mit einer Person theilen kann, in deren Gesellschaft ich erst anfangen werde zu leben. Bisher bin ich nur eine Maschine gewesen, Sie haben die Welt in Wilhelminen mit einer Gottheit beschenkt, die allein im Stande ist mich zu beseelen. (kniet) O sehen sie mich zu Ihren Füssen, sehen Sie mich flehen, schmachten, weinen, verzweifeln.

Fr. v. Biederl. Sie sind gar zu schmeichelhaft — — aber bedenken Sie doch, was Sie verlangen! eine Heirath in der Stille,

C 5   ohne

ohne Zeugen, ohne Proclamation, verzeihen Sie, ich weiß, was Sie mir einwenden werden, das ist kleinstädtisch gesprochen, nicht nach der grossen Welt — — aber wer einmal so unglücklich gewesen ist, sich die Finger zu verbrennen, mein Mann und ich haben uns genug vorzuwerfen, daß wir so leichtsinnig mit unsern Kindern — mein ältester Sohn ist das Opfer davon geworden — verzeihen Sie bey der Erinnerung — ich kann's nicht unterdrükken (weint) er ist nicht mehr.

Graf. (läßt ihr das Knie) Sie werden doch kein Mistrauen in mich setzen (nochmals) meine englische gnädige Frau! Wenn Sie das thun, so bin ich das unglücklichste Geschöpf unter der Sonnen, so ist kein Rath für mich übrig, als die erste beste Kugel durch den Kopf. Ich müßte ja der schwärzeste Bösewicht, der nichtswürdigste verworfenste elendeste Betrüger —

Fr. v. Biederl. O Herr Graf! ich beschwöre Sie, legen Sie mirs nicht dahin aus, ich habe nichts weniger als Mistrauen in die Rechtschaffenheit Ihrer Absichten. Aber da Sie selbst flüchtig sind, da Sie verborgen bleiben müssen und hernach aus dem Lande zu gehen —

ach

ach es ist mir mit meinem Sohne eben so ge=
gangen, wir konnten ihn keinen sicherern Händen
anvertrauen.

Graf. Madam! Sie erleben ein Unglück,
wenn Sie mich nicht erhören. Ich bin zu
allem fähig, ein elendes Leben kann nur für
Schurken einen Reiz haben.

Fr. v. Biederl. O Himmel, was werd ich
noch mit Ihnen anfangen? Ich wills meinem
Mann sagen, ich wills meiner Tochter vortra=
gen.

Graf. Ich hab alle Ursache zu glauben,
daß sie mich liebt.

Fr. v. Biederling. Sie könnten sich auch
irren.

Graf. Irren — — Sie tödten mich.

Fr. v. Biederl. Ich kann Ihnen nichts
voraus versprechen, ich muß erst mit beyden ge=
redt haben.

Graf. Mein ganzes Vermögen ist Ihre.

Fr. v. Biederl. Das verlang ich nicht —
können Sie auch nicht weggeben. Sie haben
einen Vater, Sie haben Geschwister.

Graf.

Graf. Ich habe keinen Vater als Ihren Gemahl, kein Geschwister als Sie. Alles mach ich zu Gelde und wenn ich nach Holland komme, in die Bank damit, so vermach ich es, wem ich will.

Fr. v. Biederl. Das wär' eine Ungerechtigkeit, in die ich niemals willigen würde: die ich nur Ihrer Leidenschaft zu Gut halten kann.

Graf. O wenn Sie mein Herz sehen könnten (küßt ihr Hand und Mund) o meine englische Mutter! haben Sie Mitleiden mit mir! Wenn Sie mein Herz sehen könnten! Wilhelminen — oder ich werde rasend.

Sechste Scene.
Des Prinzen Zimmer.

Der Bakkalaureus. Der Magister Beza. Prinz Tandi.

Zierau.

Hier hab ich die Ehre, Eurer Hoheit einen Gelehrten zu präsentiren, mit dem Sie vermuthlich besser zufrieden seyn werden, Herr Magister Beza, der den Thomas a Kempis ins Arabische übersetzt hat und in der Philosophie und

und Sprachen der Morgenländer so bewandert,
als ob er für Cumba geboren wäre, nicht für
Sachsen.

Prinz. (nöthigt sie aufs Kanapee) So werden wir sympathisiren.

Magister Beza. (steht auf) O ergebener
Diener!

Zierau. Der Magister ist wenigstens mit
unsern Sitten noch weniger zufrieden als Eure
Hoheit. Er behauptet, es könne mit uns nicht
lange währen, wir müßten im Feuer und Schwe-
fel untergehen, wie Sodom.

Prinz. Spotten Sie nicht: dazu gehört
wenig Witz.

Beza. Ach!

Prinz. Worüber seufzten Sie?

Beza. Ueber nichts.

Zierau. Sie dürfen sich nicht verheelen,
Herr Magister, der Prinz ist gewiß Ihrer
Meynung.

Beza. Die Welt liegt im Argen — ist
ihrem Untergange nahe.

Prinz

Prinz. Das wäre betrübt. Der Herr wollt es vorhin anders wissen. Ich denke, die Welt ist um nichts schlimmer, als sie zu allen Zeiten gewesen.

Beza. Um nichts schlimmer? wie? um nichts schlimmer? Wo hat man vormals von dergleichen Abscheu gehört, das nicht allein jetzt zur Mode geworden ist, sondern zur Nothwendigkeit. Das ist wohl dura necessitas, durissima necessitas. Das Sauffen, Tanzen, Springen und alle Wollüste des Lebens haben so überhand genommen, daß wer nicht mitmacht und Gott fürchtet, in Gefahr steht, alle Tage zu verhungern.

Prinz. Warum führen Sie gerad das an?

Zierau. Ich muß Ihnen nur das Verständniß öffnen, der Magister ist ein erklärter Feind aller Freuden des Lebens.

Prinz. Vielleicht nicht ganz unrecht. Das blos geniessen scheint mir recht die Krankheit, an der die Europäer arbeiten.

Zierau. Was ist Leben ohne Glückseligkeit?

Prinz.

Prinz. Handeln macht glücklicher als ge=
nießen. Das Thier genießt auch.

Zierau. Wir handeln auch, uns Genuß
zu erwerben, zu sichern.

Prinz. Brav! wenn das geschicht! ——
und wir dabey auch für andere sorgen.

Beza. Ja das ist die Freygeisterphilosophie,
die Weltphilosophie, aber zu der schüttelt je=
der den Kopf, dem es ein Ernst mit seiner
Seele ist. Es ist alles eitel. O Eitelkeit, Ei=
telkeit, wie doch das die armen Menschen so
fesseln kann, darüber den Himmel zu vergessen
und ist doch alles Koth, Staub, Nichts!

Prinz. Aber wir haben einen Geist, der
aus diesem Nichts etwas machen kann.

Zierau. Sie werden ihn nicht auf andere
Gedanken bringen, ich kenne ihn, er hat den
Fehler aller Deutschen, er baut sich ein Sy=
stem und was dahinein nicht paßt, gehört in
die Hölle.

Beza. Und ihr Herren Kleinmeister und ihr
Herren Franzosen lebt immerfort ohne System,
ohne Ziel und Zweck, bis euch, mit Respekt
zu

zu sagen, der Teufel holt, und dann seyd ihr ver=
lohren, hier zeitlich und dort ewig.

Prinz. Weniger Strenge, Herr! eins ist
freylich so schlimm als das andere, wer ohne
Zweck lebt, wird sich bald zu Tode leben und
wer auf der Studierstube ein System zimmert,
ohne es der Welt anzupassen, der lebt entweder
seinem System all Augenblick schnurstracks zu=
wider, oder er lebt gar nicht.

Zierau. Mich deucht, vernünftig leben, ist
das beste System.

Beza. Ja, das ist die rechte Höhe.

Prinz. Wohl die rechte — wird aber
nie ganz erreicht. Vernunft ohne Glauben ist
kurzsichtig und ohnmächtig, und ich kenne ver=
nünftige Thiere so gut als unvernünftige. Der
ächten Vernunft ist der Glaube das einzige
Gewicht, das ihre Triebräder in Bewegung
setzen kann, sonst stehen sie still, und rosten ein,
und wehe denn der Maschine!

Zierau. Die ächte Vernunft lehrt uns
glücklich seyn, unsern Pfad mit Blumen be=
streuen.

Prinz. Aber die Blumen welken und ster=
ben.

Beza.

Beza. Ja wohl, ja wohl.

Zierau. So pflükt man neue.

Prinz. Wenn aber der Boden keine mehr hervortreibt. Es wird doch wohl alles auf den ankommen.

Zierau. Wir verlieren uns in Allegorien.

Prinz. Die leicht zu entziffern sind. Geist und Herz zu erweitern, Herr —

Zierau. Also nicht lieben, nicht geniessen.

Prinz. Genuß und Liebe sind das einzige Glük der Welt, nur unser innerer Zustand muß ihm den Ton geben.

Beza. Ey was Liebe, Liebe, das ist eine saubere Religion, die uns die Bordelle noch voller stopft.

Zierau. Ich wünschte, wir könnten die Jugend erst lieben lehren, die Bordelle würden bald leer werden.

Prinz. Aber es würde vielleicht um desto schlimmer mit der Welt stehn. Liebe ist Feuer und besser ists, man legt es zu Stroh, als an ein Aehrenfeld. Solang da nicht andere Anstalten vorgekehrt werden —

D   Zierau.

Zierau. Wenn die goldenen Zeiten wieder-
kommen.

Prinz. Die stecken nur im Hirn der Dich-
ter und Gott sey Dank. Ich kann nicht sagen,
wie mir dabey zu Muthe seyn würde. Wir
sässen da, wie Midas vielleicht, würden alles
anstarren und nichts geniessen können. Solang
wir selbst nicht Gold sind, nützen uns die goldenen Zeiten zu nichts und wenn wir das sind,
können wir uns auch mit ehernen und bleyernen
Zeiten aussöhnen.

Siebente Scene.

Herr v. Biederling. Frau v. Biederling.

Herr von Biederling.

Ich find nichts unraisonnables drin, Frau,
setz den Fall, daß das Mädchen ihn will
und ich habe sie schon oft ertappt, daß sie furcht-
same Blicke auf ihn warf, und denn haben ihr
seine Augen geantwortet, daß ich dacht, er
würd sie in Brand stecken, also wenn der Himmel es so beschlossen hat und wer weiß, was in
fünf Jahren sich noch ändern kann.

Frau

Frau v. Biederling. Du haſt immer ei=
nen Glauben, Berge zu verſetzen, es iſt die
nemliche Hiſtorie, wie mit Deinem Sohn, die
nemliche Hiſtorie.

Hr. v. Biederl. Red mir nicht davon, ich
bitte Dich. Wir werden noch Ehr und Freude
an unſerm Sohne erleben, wenn er nicht ſchon
todt iſt. Wenn nur der Zopf bald kommen
wollte, Du ſollteſt mir andere Saiten auf=
ziehn.

Fr. v. Biederl. Wenn ich ihn wieder ſehe
den infamen Kerl — ich kratz' ihm die Augen
aus, ich ſag es Dir.

Hr. v. Biederl. Zopf iſt ein ehrlicher Kerl,
was willt Du? Unſertwegen eine Reiſe nach
Rom gethan, wer thut ihm das nach? Und
ich bin verſichert, er bleibt nur deswegen ſo
lang aus, weil er die Antwort vom Pater Ge=
neral erwartet, der an den Pater Mons nach
Smyrna ſchrieben hat, was willſt du denn?
Wofür Teufel giebt ſich der Mann all die Mü=
he, all die Sorge und Reiſen, Du ſollteſt Dich
ſchämen, daß du ſogleich Fickel Fackel mit ihrem
böſen Leumund fertig, und der Mann thut mehr
für ihr Kind, als ſie ſelber.

D 2   Fr.

Fr. v. Biederl. Du haſt recht, haſt immer recht, mach mit Tochter und Sohn, was Dir gefällt, verkauf ſie auf die Galeeren, ich will Deine Strümpfe flicken und Bußlieder ſingen, wies einer Frau vom Hauſe zukommt.

Hr. v. Biederl. Nu nu, wenn ſie ſpürt, daß ſie unrecht hat, wird ſie böſe. Wer kann Dir helfen?

Frau v. Biederl. Der Tod. Ich will die Tochter zu Dir ſchicken, mach mit ihr was Dir gefällt, gnädiger Herr, ich will ganz geruhig das Ende abſehen.

Prinz Tandi kommt dazu.

Prinz. Was haben Sie? Ich würde untröſtlich ſeyn, wenn ich Gelegenheit zu Ihrem Mißverſtändniß — (Frau v. B. geht ab.)

Hr. von Biederl. Nichts, Nichts, Prinz, es iſt nur ein klein bisgen Zank, eine kleine Bedenklichkeit, wollt ich ſagen, eine gar zu große Bedenklichkeit von meiner Frau — ſie meynt nur, unſer Kind einem fremden Herrn in die andere Welt mitzugeben — das iſt, als ob ſie eine Reiſe in die ſelige Ewigkeit —

Prinz. Sagt Wilhelmine auch ſo?

Hr.

Herr v. Biederl. Je nun, Sie wissen, wie die Weibsen sind, wir wollen sie hören, die Mutter wird sie herbringen. Und je länger ich dem Ding nachdenke, je enger wird mirs um das Herz auch, Vater und Mutter und allen auf ewig so den Rücken zu kehren, als ob es ein Traum gewesen wäre und gute Nacht auf ewig. (er weint)

Prinz. Sie soll alles in mir wieder finden.

Hr. v. Biederl. Aber wir nicht, Prinz, wir nicht. O Du weißt nicht, was Du uns all mit ihr raubst, Calmucke! Ich willige von ganzem Herzen drein, aber was ich dabey ausstehe, das weiß Gott im Himmel allein.

Prinz. (umarmt ihn) Mein Vater — ich will sieben Jahr in Europa bleiben.

Hr. v. Biederl. So recht — vielleicht bin ich todt in der Zeit, vielleicht sind wir alle beyde todt. — Junge! alles kommt auf mein Mädchen an. Wenn sie sich entschließen kann — und sollt es mir das Leben kosten.

Prinz. Wenn Sie ein Kirschenreis einem Schleestamm einimpfen wollen, müssen Sie ihn da nicht vom alten Stamm abschneiden? Er hätte dort keine einzige Kirsche vielleicht hervor=

D 3   ge=

getrieben, gebt ihm einen neuen Stamm, den er
befruchten und beseligen kann, auf dem vori=
gen war er todt und unfruchtbar.

Hr. v. Bieberl. (springt auf) Scharmant,
scharmant — eh! sagen Sie mir das noch ein=
mal, sagen Sie das meiner Frau und Tochter
auch. Je es ist ja auch wahr, laß ich doch
Maulbeerbäume aus Smyrna kommen und setz
sie hier ein, und bespinne hier das ganze Land
mit, so wird meine Tochter ganz Cumba glück=
lich machen. — Sie müssen ihr das sagen.

Prinz. Ich werb jetzt bey Ihnen um Ihr
Kind. — — Hernach muß Wilhelminens
Herz alleine sprechen, frey, unabhängig, wie
die Gottheit, die Leben oder Tod austheilt.
Kein Zureden, keine väterliche Authorität, kein
Rath, oder ich spring auf der Stell in den Wa=
gen und fort.

Frau von Bieberling mit Wilhelminen
kommen.

Wilhelmine. Was befehlen Sie von mir?

Hr. v. Bieberl. Mädchen! — (hustet und
wischt sich die Augen. Es herrscht eine minuten=
lange Stille)

Prinz.

Prinz. Fräulein! es ist Zeit, ein Still=
schweigen — ein Geständnis, das meine Zun=
ge nicht machen kann — sehen Sie in meinem
Aug, in dieser Thräne, die ich nicht mehr hem=
men kann, all meine Wünsche, all meine schim=
mernden Entwürfe für die Zukunft. — Wol=
len Sie mich glücklich machen? — Wenn
dieses schnelle Erblassen und Erröthen, dieses
wundervolle Spiel Ihrer sanften Gesichtswel=
len, dieses Weinen und Lachen Ihrer Augen
mir Erhörung weissagt — o mein Herz macht
den untreuen Dollmetscher stumm (drückt ihr die
Hand an sein Herz) hier müssen Sie es sprechen
hören — Dies Entzücken tödtet mich.

Hr. v. Biederl. Antworte! was sagt Dein
Herz?

Fr. v. Biederl. Wir haben dem Prinzen
unser Wort gegeben, Dir weder zuzureden noch
abzurathen, das mußt Du aber doch vorher
wissen, daß der Herr Graf hier förmlich um
Dich angehalten hat und Dich zur Erbin aller
seiner Güter machen will.

Hr. v. Biederl. Und das sollst Du auch
vorher wissen, daß der Prinz dir ein ganzes

Königs=

Königreich anbietet, und mir zu Gefallen noch sieben Jahr mit dir bey uns im Lande bleiben will.

Wilhelmine. Befehlen Sie über mich.

Hr. v. Biederl. Na das ist hier der Fall nicht, mein Kind! Still doch Frau! hast du was gesagt? Ich sage, hier mein Tochter! schlagen wir dich loß von allem Gehorsam gegen uns, hier bist du selbst Vater und Mutter: was sagt dein Herz? Das ist die Frage. Beyde Herren sind reich, beyde haben sich schöneröß gegen mich aufgeführt, beyde können dein Glück machen, es kommt hier einienig auf dich an.

Frau v. Biederling. Frag dein Herz! Du weißt itzt die Bedingungen auf beyden Seiten.

Hr. v. Biederl. Aber das mußt du auch noch wissen, daß der Graf nicht beständig bey uns in Naumburg nisten kann, er muß eben sowohl fort und dich von uns trennen.

Fr. v. Biederl. Aber er führt dich nicht weiter als Amsterdam und kommt alle Jahre herüber, uns zu besuchen.

Hr. v. Biederl. Ja so entschließ dich kurz, es kommt alles auf dich an. — Prinz! was sehen Sie denn so trostlos aus? Wenns der Him-

Himmel nun so beſchloſſen hat, und ihr ihr
Herz nichts für Sie ſagt — es iſt mit dem allen
doch keine Kleinigkeit, bedenken Sie ſelber,
wenn Sie billig ſeyn wollen, ein junges uner-
zogenes Kind über die zwey tauſend Meilen —
o meine Tochter, ich kann nicht — das Herz
bricht mir (fällt ihr um den Hals)

Wilhelmine. (an ſeinem Halſe) Ich will
ledig bleiben.

Herr v. Biederling. (reißt ſich loß) Sakkerment nein (ſtampft mit dem Fuß) das will ich
nicht. Wenn ich in der Welt zu nichts nutz
bin, als dein Glück zu hindern — lieber her-
unter mit dem alten unfruchtbaren Baume!
nicht wahr, Prinz! was ſagen Sie dazu?

Prinz. Sie ſind grauſam, daß Sie mich
zum Reden zwingen. Ein ſolcher Schmerz kann
durch nichts gelindert werden, als Schweigen
(mit ſchwacher Stimme) Schweigen, Verſtum-
men auf ewig (will gehen)

Wilhelmine. (hält ihn haſtig zurück) Ich
liebe Sie.

Prinz. Sie lieben mich. (ihr ohnmächtig
zu Füſſen)

Wil-

Wilhelmine. (fällt auf ihn) O ich fühle, daß ich ohne ihn nicht leben kann.

Hr. v. Biederl. Holla! Gieb ihm eins auf den Mund, daß er wach wird (man trägt den Prinzen aufs Kanapee, wo Wilhelmine sich neben ihn setzt und ihn mit Schlagwasser bestreicht)

Prinz. (Die Augen aufschlagend) O von einer solchen Hand ...

Hr. v. Biederling. Nicht wahr, das ist Ja, Mine! dieser Blick, den du ihm gabst. Nicht wahr, er hat's Jawort? Nun so segne euch der allmächtige Gott (legt seine Hände beyden auf die Stirn) Prinz! es geht mir wie Ihnen, der Henker holt mir die Sprache und es wird nicht lang währen, so kommt die verzweifelte Ohnmacht auch ... (mit schwacher Stimme) Frau wirst du mich wecken? (fällt hin)

Fr. v. Biederl. Gott was ist ... (hinzu)

Hr. v. Biederl. (springt auf) Nichts, ich wollte nur Spaß machen. Ha ha ha, euch Weibern kann man doch umspringen wie man will. Sey nun auch hübsch lustig, mein Frauchen (ihr unters Kinn greifend) und schlag dir deinen Grafen aus dem Sinne, ich will ihn schon aus dem Hause schaffen, laß mich nur ma-

machen, ich hab ihn mit alledem doch nie recht leiden können.

Prinz zu Wilhelminen. So bin ich denn — — (stammelnd) kann ich hoffen, daß ich —

Wilhelmine. Hats Ihnen der Baum nicht schon gesagt?

Prinz. Das einzige, was mir Muth machte, um Sie zu werben. O als der Mond mir die Züge Ihrer Hand versilberte, als ich las, was mein Herz in seinen kühnsten Ausschweifungen nicht so kühn gewesen war zu hoffen ... ach ich dachte, der Himmel sey auf die Erde herabgeleitet und ergiesse sich in wonnevollen Träumen um mich herum.

Hr. v. Biederl. Nun Frau! was stehst? ist dirs nicht lieb, die jungen Leute so schwäzeln und mieneln und liebäugeln ... was ziehst du denn die Stirn wie ein altes Handschuhleder, geschwind, gieb ihnen deinen Segen, wünsch ihnen alles, was wir genossen haben, so wird ihnen wohl seyn, nicht wahr, Prinz?

Fr. v. Biederl. Das Ende muß es ausweisen.
                                        (geht ab)
                                            Hr.

Hr. v. Bieberl. (sieht ihr nach) När=
rin! — — ist verliebt in den Grafen, das
ist die ganze Sache — aber laß mich nur, mit
ihm reden ... wart du nur.

Dritter Akt.

Erste Scene.

Im Gartenhäuschen.

Der Graf im Schlafrock trinkt Thee. Herr
von Bieberling einen großen Beutel
unterm Arm.

Herr von Bieberling.

Herr Graf, Sie nehmen mir nicht übel, daß
ich Sie so früh überfalle. Ich habe nach=
gedacht, Ihr Pachtgut ist mir gar zu gut gele=
gen, Sie haben meiner Frau gesagt, Sie wol=
len Ihre Güter verkaufen und nach Amsterdam
gehen, wie viel wollen Sie davor?

Graf. Ich? — von Ihnen? nichts —
ich schenke Ihnen das Gut, aber unter einer
Bedingung.

Hr

Hr. v. Biederl. Nein, nein, da wird nichts von, so können wir sein Tag nicht zusammenkommen. Ich will's ihn nach Cron'stafe bezahlen.

Graf. Ich nehm aber nichts,

Hr. v. Biederl. Sie sollen nehmen, Herr Graf, ich sag's Ihnen einmal für allemal, ich bin kein Bettler.

Graf. So zahlen Sie, was Sie wollen.

Hr. v. Biederl. Nein, ich will bezahlen, was Sie wollen. Das ist nun wieder nichts. Wofür sehen Sie mich an zum Kuckuck?

Graf. Zehntausend Thaler.

Hr. v. Biederl. So hier sind (zieht einen Beutel heraus) zehn tausend Thaler an Bankzedeln und hier sind (stellt einige Säcke im Winkel) fünftausend Thaler an Golde und Albertusgeld .. und nun profitire ich doch dabey. Habe die Ehre mich zu empfehlen.

Graf. Noch ein Wort (ihn an der Hand faffend)

Hr. v. Biederl. Es ist doch so richtig? ist's nicht?

Graf.

Graf. Sie können mich zum glücklichsten Sterblichen machen.

Hr. v. Bieberl. Wie so?

Graf. Sie haben eine Tochter.

Hr. v. Bieberl. Was wollen Sie damit sagen?

Graf. Ich heirathe sie.

Hr. v. Bieberl. Da sey Gott vor. Sie ist schon seit drey Tagen Frau.

Graf. Frau!

Hr. v. Bieberl. Wissen Sie nichts davon? He he he, nun's is wahr, wir haben unsere Sachen in der Stille gemacht. Der Prinz Tandi, mein ehrlicher Reisekamerad, hat sie geheirathet, es ist komisch genug das, keine Mutterseele hats gemerkt und doch sind sie von unserm Herrn Pfarrer Straube priesterlich getraut worden und gestern ist noch oben ein groß Festin gewesen. — Wie ist Ihnen, Graf! Sie welzen ja die Augen im Kopfe herum, daß —

Graf. Scherzen Sie mich?

Hr. v. Bieberl. Nein gewiß, Herr — es ist mir indessen gleichviel, wofür Sie es nehmen wollen. Und so leben Sie denn wohl.

Graf.

Graf.   (faßt ihm die Gurgel)   Stirb
Elender, bevor. —

Hr. v. Biederl.   (ringt mit ihm) Sakker,
ment. . . . ich will dich . . (wirft ihn zu Boden
und tritt ihn mit Füssen) du Rakker!

Graf.   (bleibt liegen) Besser! besser, Herr
von Biederling.

Hr. v. Biederl.   (hebt ihn wieder auf) Was
wollst du denn mit mir?

Graf.   (sein Knie umarmend) Können Sie
mir verzeihen?

Hr. v. Biederl.   Nun so steht nur wieder
auf! Der Teufel leide das, wenn man einem
die Gurgel zudrückt — und Herr, itzt reis' er
mir aus dem Hause je eher je lieber, ich leid
ihn nicht länger.

Graf.   Sagen Sie mirs noch einmal,
sind sie verheirathet? wie? wo? wenn?

Hr. v. Biederl.   Wie? Das kann ich ihm
nicht sagen, aber sie sind in Rosenheim getraut
worden und gestern hat der Prinz ein Banket gegeben, wo alles, was fressen konnte, Theil daran
nahm; die Tafel war von Morgens bis in die
sinkende Nacht gedeckt, die Thüren offen, und
wer wollte, kam herein, lies sich träktiren und
war lustig.   Ich hab so was in meinem Leben
noch

noch nicht gesehen, die Leut waren alle wie im Himmel und das Zeugs durch einander, Bettler und Studenten und alte Weiber und Juden und ehrliche Bürgersleut auch genug, ich habe gelacht zuweilen, daß ich auffspringen wollte. Sehen Sie, das ist der Gebrauch in Cumba, von all den übrigen Alfanzereyen bey unsern Hochzeiten wissen sie nichts, sie sagen, es braucht niemand Zeuge von unsrer Hochzeit zu seyn, als unsre nächsten Anverwandte und ein Priester, der Gott um seinen Segen bittet.

Graf. Keine Proklamation! ich sehe schon, ihr wollt mir Flor über die Augen werfen, aber ich sehe durch. Ich sollte diese Vermählung nicht hindern? Wie aber, wenn der Prinz schon eine Gemahlin hätte?

Hr. v. Bieberl. Ja Herr Graf! so müssen Sie mir nicht kommen. Das Mistrauen findet nur bey uns Europäern statt. Ich habe darüber mit dem Prinzen lang ausgeredt.

Graf. Haben die Cumbaner keine Leidenschaften?

Hr. v. Bieberl. Nein.

Graf. Das sagen Sie.

Hr.

Hr. v. Biederling. Nein, sag ich Ihnen. Das macht, was weiß ich, die Erziehung machts, die Cumbaner haben Gottesfurcht, das macht es, sie finden ihr Vergnügen an der Arbeit, mit Kopf oder Faust, das ist all eins und nach der Arbeit kommen sie zu einander, sich zu erlustigen, Alt und Jung, Vornehm und Gering, alles durch einander und wer den andern das meiste Gaudium machen kann, der wird am höchsten gehalten, das macht es, sehen Sie, dabey haben sie nicht nöthig den Phantaseyen nachzuhängen, denn die Phantasey, sehen Sie, das ist so ein Ding ... warten Sie, wie hat er mir doch gesagt? .. in Gesellschaft ist es ganz vortreflich, aber zu Hause taugts ganz und gar nicht, es ist, wie so ein glänzender Nebel, ein Firniß, den wir über alle Dinge streichen, die uns in Weg kommen und wodurch wir sie reizend und angenehm machen.

Graf. (schlägt sich an die Stirn) Oh!

Hr. v. Biederl. Warten Sie doch, hören Sie mich doch aus! Aber wenn wir diesen Firnis nach Hauf' mitnehmen, sehen Sie, da kleben wir dran und da wird denn des Teufels seine Schmiralie draus.

E   **Graf.**

Graf. Laſſen Sie ſich nur vorſchwatzen . . gehts denn bey uns nicht eben ſo? müſſen wir nicht arbeiten? kommen wir nicht zuſammen, uns zu amüſiren?

Hr. v. Biederl. Ja aber nein, wir wollen nichts, als uns immer amüſiren, und da ſchmeckt uns am Ende kein einzig Vergnügen mehr, und unſer Vergnügen ſelber wird uns zur Pein, das iſt der Unterſcheid. Und weil wir nicht mit Verſtand arbeiten, ſo arbeiten wir mit der Phantaſey und was weiß ich, er hat mir das alles explicirt, reden Sie ſelber mit ihm, Sie werden Ihre Freud an ihm haben.

Graf. Machen Sie, daß wir gute Freunde werden, Herr von Biederling. Ich bin in der That begierig, ihn näher zu kennen.

Hr. v. Biederl. Ja, aber vor der Hand, dächt ich, Sie reißten doch immer nur in Gottes Namen nach Amſterdam. — Sie können doch bey mir lange ſo recht ſicher nicht ſeyn.

Graf. Und wo ſoll ich hin? Alle meine Güter dem Fiscus zufallen laſſen?

Hr. v. Biederl. Ja ſo . . . aber hören Sie, wenn mir nur der Churfürſt nicht hernach Anſprüche gar auf mein Roſenheim macht?

Was

Was haben Sie für Nachricht von Ihrem Advokaten?

Graf. Eben darum, nehmen Sie Ihr Geld nur wieder zurück, bis ich sichere Nachricht von meinem Advokaten habe, wie die Sache am Hofe geht. Mittlerweile können Sie die Pacht immer antreten.

Hr. v. Biederl. Ja, aber so muß ich Ihnen doch den Pachtzins zahlen.

Graf. Wenn Sie mich auf meiner empfindlichsten Seite angreifen wollen.

Hr. v. Biederl. Je nun — so hab ich die Ehre, mich recht schön zu bedanken, wenn Sies denn durchaus so haben wollen. Ich will auch sehen, daß ich Sie mit dem Prinzen näher bekannt mache, es ist ein gar galanter Mann, ohne Ruhm zu melden, weil er itzt mein Schwiegersohn ist und das, was vor acht Tagen zwischen Ihnen beyden vorgefallen, hat er längst vergessen, versichert! Es war auch so ein klein etwas Cumbanisch das, denn sehen Sie, es passirt dort in der That für ein Laster, wenn man einem jungen Mädchen in Abwesenheit seiner Eltern was von Liebe und was weiß ich, vorsagt, das wird dort eben so für Hurerey be-

straft,

ſtraft, als wenn ich einem die Gurgel zudrücke und er bleibt glücklicherweiſe am Leben. Habe die Ehre mich zu empfehlen.

Graf. O vorher - - - verzeihen Sie mir?

Hr. v. Biederl. Nu nu, il n'y a pas du mal, ſagt der Franzos. — Speiſen Sie heut zu Mittag mit uns? mit meinem neuen Schwiegerſohne, da ſollen Sie ihn kennen lernen.

Zweyte Scene
in Immenhof.
Donna Diana. Babet.

Babet, einen Brief in der Hand.

Ihre Eltern ſind beyde noch am Leben. Meine gute Freundin ſchreibt mirs, ſie hats itzt erſt erfahren, ein gewiſſer Edelmann aus Trieſt hat ſich mit ihr eingelaſſen, der ſoll mit Ihrem Vater in Briefwechſel ſtehen.

Donna. Die Polonoiſe?

Babet. Eben die.

Donna.

Donna. Ey was kümmern mich meine Eltern? Schreibt sie nichts vom Grafen? besucht er sie noch?

Babet. Er ist unvermuthet aus Dresden verschwunden.

Donna. Mich in Immenhof sitzen zu lassen! Hast du Geld?

Babet. Das Restchen, das Sie mir aufzuheben gaben, eh wir zum Karneval herabreisten.

Donna. Giebs her, wir wollen ihm nachreisen und wenn er in den innersten Hölen der Erde steckte. Ich hol ihn heraus und wehe der Jo, die ich bey ihm betreffe!

Babet. Wohin aber zuerst?

Donna. Laß mich nur machen, ich kann dirs nicht sagen, bis wir unterwegens sind. Mein Herz wird mich schon führen, es ist wie ein Kompaß, es fehlt nicht.

Babet. In Dresden erfahren wirs gewiß, wo er steckt.

Donna. Ich will ihn — red mir nichts! komm! Die Stelle brennt unter mir — ich wünscht', ich hätte nie Mannspersonen gesehen,

E 3   oder

oder ich könnt ihnen allen die Hälse um-
drehen.

Dritte Scene

in Naumburg.

Prinz Tandi. Wilhelmine, sitzend bey einander auf dem Kanapee.

Prinz.

Wollen Sie mirs denn nicht sagen, für wen
Sie sich heut so geputzt haben?

Wilhelmine. Ich sag Ihnen ja, für meinen Vater.

Prinz. Schelm! Du weißt ja, Dein Vater wirft kein Auge drauf. Ja wenn Du ein
Seidenwürmchen wärst.

Wilhelmine. Denk doch! halten Sies der
Mühe nicht werth, ein Auge auf mich zu werfen?

Prinz. Nein.

Wilhelmine. Ich bedanke mich.

Prinz. Man muß sein ganzes Ich auf
Dich werfen.

Wil-

Wilhelmine. (hält ihm den Mund) Wo Du mir noch einmal so redst, so sag ich — Du bist verliebt in mich und Du hast mir so oft gesagt, die Verliebten seyn nicht gescheid.

Prinz. Ich bin aber gescheid. Ich habs Ihnen doch noch nie gesagt, daß ich verliebt in Sie bin.

Wilhelmine. Nie gesagt? --- Ha ha ha! armer unglücklicher Mann! nie gesagt? als nur ein halb wenig gestorben überm Sagen? o du gewaltiger Ritter.

Prinz. Nie gesagt, mein klein Minchen! es müßte denn heute Nacht gewesen seyn.

Wilhelmine. (hastig) Wenn Sie mir noch einmal so reden — so werd ich böse.

Prinz. Und was denn? haben die Müh, wieder gut zu werden.

Wilhelmine. Lasse mich scheiden.

Prinz. Warum nicht? Du Dich schei-den — kleine Närrin! da wärst Du todt.

Wilhelmine. Was Sie doch nicht für eine wundergroße Meynung von sich haben? Und sie hiengen sich auf, wenn ichs thäte.

E 4   **Prinz.**

Prinz. O pfuy pfuy! nichts mehr von solchen Sachen. Lieber will ich doch gestehen, daß ich verliebt in Dich bin.

Wilhelmine. Närrchen, der kleine glänzende Tropfen da an Deinem Augenlied hat mirs lang gestanden.

Prinz. So sey es denn gesagt (drückt ihre Hand an seine Augen)

Wilhelmine. So sey es denn beantwortet. (küßt ihn)

Herr von Zopf tritt herein. Sie stehen auf.

Hr. v. Zopf. (im Reisekleid) Gehorsamer Diener, Fräulein Minchen! ey wie so hübsch groß geworden sint der Zeit ich Sie zum letztenmal gesehen. Sie kennen mich gewiß nicht, ich heisse Zopf.

Wilhelmine. (macht einen tiefen Knicks) Es ist uns sehr angenehm — meine Eltern haben mir oft gesagt —

Hr. v. Zopf. Der Herr Vater nicht zu Hause? Ihre Eltern werden nicht sehr zufrieden mit mir seyn, aber sie habens nicht mehr Ursache. Ich bring Ihnen und Ihren Eltern eine

eine angenehme Nachricht. (zu Tandi) Nicht wahr,
Sie sind der Prinz Tandi aus Cumba? man
hat mirs wenigstens in Dresden gesagt, daß
Sie mit Herr von Biederling die Reise hieher
gemacht. Es hätte sich nicht wunderlicher fü-
gen können, freuen Sie sich mit uns allen, Sie
sind in Ihres Vaters Hause.

Prinz. Was?

Wilhelmine. Was?

Hr. v. Zopf. Umarmen Sie sich. Sie
sind Bruder und Schwester.

(Wilhelmine fällt auf den Sopha zurück. Tandi bleibt bleich mit niederhangendem Haup-
te stehen)

Hr. v. Zopf. Nun wie ists? haben Sie
mir keinen Dank? machts Ihnen keine Freude?
Sie können sich drauf verlassen, ich sag Ihnen, ich hab eben den Brief vom General der
Jesuiten erhalten und mich gleich aufgesetzt, Ihnen die fröhliche Zeitung zu bringen. Sie sind
Geschwister, das ist sicher.

(Tandi will gehen. Wilhelmine springt auf
und ihm um den Hals)

Wilhelmine. Wo willst Du hin?

Tandi. Laß mich!

Wil-

Wilhelmine. Nein, nimmer, bis in den Tod. (Tandi macht sich los von ihr. Sie fällt in Ohnmacht)

Hr. v. Zopf. (nachdem er sie ermuntert hat) Ich sehe wohl, Fräulein! hier muß etwas vorgefallen seyn —

Wilhelmine. (erwacht) Wo ist er, ich will mit ihm sterben —

Hr. v. Zopf. Haben Sie sich etwa liebgewonnen? Es ist ja nur ein Tausch. Lieben Sie ihn jetzt als Ihren Bruder.

Wilhelmine. (stößt ihn mit dem Fuß) Fort Scheusal! fort! Wir sind Mann und Frau miteinander. Du sollst mir den Tod geben oder ihn.

Hr. v. Zopf. Gott im Himmel, was höre ich!

Wilhelmine. (reißt ihm den Dolch von der Seite und setzt ihn ihm auf die Brust) Schaff mir meinen Mann wieder. (schmeißt den Dolch weg) Behalt deinen verfluchten Tausch für dich — (nimmt ihn wieder auf) Ach oder durchstoße mich! Du hast mir das Herz schon durchbohrt, unmenschlicher Mann! es wird dir nicht schwer werden.

Hr.

Hr. v. Zopf. Unter welchem unglücklichen Planeten muß ich geboren seyn, daß alle meine Dienſtleiſtungen zu nichts als Jammer ausſchlagen! Ich möcht' es verreden und verwünſchen, meinem Nächſten zu dienen; noch in meinem ganzen Leben iſt mirs nicht gelungen, einem guten Freunde was zu gut zu thun, allemal wenn mir etwas einſchlug und ich glaubte ihn glücklich zu machen, ſo ward mir der Ausgang vergiftet und ich hatte ihn unglücklich gemacht. Es thut mir von Herzen leid, Gott weiß es —

Vierte Scene.
in Dresden.
Donna Diana. Babet.
Donna.

Haſt du's gehört? Guſtav mit ihm nach Naumburg gefahren.

Babet. Ich kann noch nicht zu mir ſelber kommen.

Donna. Was iſt da zu erſtaunen, Närrin! was kannſt du beſſers von Mannsperſonen erwarten? Giftmiſcher Meuchelmörder alle—

Babet.

Babet. Er Sie vergiften laſſen? Gütiger Gott! warum?

Donna. Warum? närriſch gefragt! darum, daß ich ihn liebte, iſts nicht Urſach genug? — — — ach halt mir den Kopf! ſchnüre mich auf! es wird mir bunt vor den Augen — ſo — wart — keinen Spiritus (ſchreyt) keinen Spiritus!

Babet. Gott im Himmel! Sie werden ja ohnmächtig.

Donna. (mit ſchwacher Stimme) Was gehts dich an, wenn ich ohnmächtig werde. (richtet ſich auf) So! nun iſts vorbey. (geht herum) Nun bin ich wieder Diana. (ſchlägt in die Hände) Wir wollen dich wieder kriegen, wart nur! wart nur! Das, liebe Babet! das kannſt du dir nimmer einbilden, was er angewandt hat, mich zu verführen. Da waren Schwüre, daß der Himmel ſich drüber bewegte, da waren Seufzer, Heulen, Verzweiflung. (fällt ihr um den Hals) Babet, ich halt es nicht aus! hab Mitleiden mit mir. Wenn der Teufel in Menſchengeſtalt umhergienge, er könnte nichts liſtigers ausdenken, ein Mädchenherz einzunehmen. Und nun will er mich vergiften laſſen,

weil

weil ich meinen Vater ihm zu Gefallen vergif=
tet, meine Mutter bestohlen, entehrt bin, ge=
flüchtet bin, von der Gerechtigkeit verfolgt,
o! — vielleicht hat meine Mutter schon an
Hof geschrieben, mich als eine Delinquentin
aufheben zu lassen.

Babet. Beruhigen Sie sich, theure gnä=
dige Frau! das hat sie nicht gethan, nein ge=
wiß, das wird sie nicht thun, sie weiß wohl,
daß sie selber mit Schuld an diesem Unglück
ist, sie hat Sie Ihren Eltern gestohlen.

Donna. (steht auf) Still davon! ich hab
dirs ein für allemal verbothen. Lieber mei=
nen Vater umgebracht haben, als die Toch=
ter eines alten abgedankten Officiers heissen,
der Pachter von meinem Gemahl ist. Wie
sieht sie aus, die Wilhelmine? Der Himmel
hat sich versehn, wenn er sie zu einer Velas
machte, ich verdient' es zu seyn und du thatst
recht, das du das Ding in Ordnung brach=
test.

Babet. O mein Gewissen!

Donna. Wie sieht sie aus, geschwind!
ein schön Pachtermädchen.

Babet.

Babet. Schön genug, ein Herz zu fesseln, ein paar Augen, als ob der Himmel sich aufthät.

Donna. Das ist recht: wenn er mich für einen häßlichen Affen tauschte, wärs ihm gar nicht zu vergeben. Aber hat sie Adel im Gesicht, hat sie Donna Velas in den Augen?

Babet. Würden die Eltern sie dann vertauscht haben? Eine Stumpfnase — der selige Herr rührte drey Tage keinen Bissen an. Aber als ich Sie von meiner Freundin bekam, das ist ein Velas Gesicht, schrie er, die Adlernase soll mir den Weg zu einem Thron bahnen und mit den zwey Augen erschlag ich den König von Portugall.

Donna. Nur still, daß ich adoptirt bin, oder es kostet dein Leben. Das Herz will ich dir mit der Zunge zum Mund herausziehn, wo du redst. Ich muß den Grafen zurückbringen und dann nach Madrid zurück. Ich will deine Prophezeyung wahr machen, armer vergifteter Papa! so hast du doch Freud im Grab über mich. Meiner Mutter die Juwelen zurück, damit sie still schweigt und denn —— ist hier noch Feuer genug? (sieht sie an)

Babet.

Babet. Die Welt in Brand zu stecken. Aber werden sie den Grafen zurückbringen?

Donna. Den Grafen? Elende! O pfuy doch! zurückwinken will ich ihn, den Schmetterling, und will er nicht, so hasch ich und zerdrück ihn in meiner Hand. Seine Güter sind doch mein, er ist mir rechtmäßig angetraut, ich kann Kontrakt und Siegel aufweisen.

Babet. Schonen Sie die arme Wilhelmine.

Donna. Ey was (schlägt sie) Hexe! was träumst du? werd ich meine Gewalt an Pachtermädchen auslassen? Koth von Weib! wofür hältst du mich?

Babet. Aber wenn der Graf —

Donna. Was? wenn der Graf — red' aus, wenn der Graf — wenn er sie liebt, wenn er sie heirathet — ich will ihn verwirren, verzweifeln, zerscheitern durch meine Gegenwart. Wie ein Gott will ich erscheinen, meine Blicke sollen Blitz seyn, mein Othem Donner — laß uns unterwegens davon reden, es ist mir Wonne, wenn ich davon reden kann. Er soll in seinem Leben vor keinem Menschen, vor Gott dem Allmächtigen nicht so gezittert haben — die

vers

veråchtliche Bestie! Wenn ich nur in Madrid
wåre, ich lies ihn in meinem Thiergarten an-
schliessen!

Fünfte Scene.

in Rosenheim: ein Garten

Hr. v. Biederling im leinen Kittel, eine Schauffel
in der Hand. Hr. v. Zopf.

Hr. v. Biederling. (sieht auf)

Bist Du's, Zopf? — Hier setz ich eben einen
von Deinen Bäumen. Nun wie steht's
Leben? (reicht ihm die Hand) Du kommst von
Dresden?

Hr. v. Zopf. Ich komme — ja ich komme von
Dresden. Es ist mir lieb, daß ich Dich hier
allein treffe. Der Freudendahl, Du weißt wohl,
ist mit mir, ich hab ihn in Naumburg gelas-
sen.

Hr. v. Biederl. Was hat der Laffe sich in unsere Händel zu mischen? Weißt Du was, ich hab
hier Pulver und Bley, wir können hier unsere
Sachen ausmachen.

Zopf.

Zopf. Verzeih mir! er ist Zeuge davon gewesen, daß du mir meine Ehre nahmst.

Hr. v. Biederl. Denk doch, und du kannst dem Fickelfackel leipziger Studentgen nur wiedersagen, daß ich sie dir wiedergeben habe und wenn ers nicht glauben will, so heiß ihn einen Schurken von meinetwegen. Denk doch, ich werde um des Narren willen wohl zurückreiten? warum kam der Flegel nicht mit? — Wie gefällt dir meine Baumschule?

Herr v. Zopf. Recht gut, Gott geb dir Gedeyen. — Aber was kâms dir denn auch darauf an, mir in Gegenwart Freudendahls eine Ehrenerklärung — mit ein paar Worten ist die ganze Sache gethan.

Hr. v. Biederl. Dir abbitten? — Nein, Bruder! das geschieht nicht (fährt fort zu graben) ich zieh mein Wort nicht zurück, thu was du willt.

Hr. v. Zopf. Hast du mich denn nicht beleidigt? In einem öffentlichen Gasthofe beym ersten Kompliment gleich mit Schimpf und Stockschlägen —

Hr. v. Biederl. Du hattst mich auch beleidigt.

F   Hr.

Hr. v. Zopf. Wenn ich alles in der Welt thue, dir Dienste zu leisten? Das ist himmelschreyend.

Hr. v. Biederl. Wenn ich nüchternen Muths gewesen, wärs vielleicht nicht so weit kommen, aber — wärm mir den alten Kohl nicht wieder auf, kurz und gut. Und deine Dienste, was Sakkerment helfen mir die Dienste, mein Kind verwahrlost, da ich mich auf dich verlies.

Hr. v. Zopf. Das einzige, was ich mir vorzuwerfen habe, daß ich ihn nach Smyrna mitnahm.

Hr. v. Biederl. Nicht das, Bruder Monsieur! wo Du warst, mußte mein Sohn immer auch gut aufgehoben seyn, aber daß du ihn den Jesuiten mitgabst, um seiner loszuwerden, eh! du Jesuit selber, da steckts (wirft die Schauffel weg) komm, komm heraus itzt, ich bin jetzt eben in der rechten Laune, ein paar Kugeln mit dir zu wechseln.

Hr. v. Zopf. Hier hab ich Seidenwürmereyer mitgebracht.

Hr. v. Biederl. Zeig (wischt sich die Hand an den Hosen) zeig her! (macht sie auf) Das ist gut Dings,

Dings, das ist ganz artig, jetzt solls mit mei=
nem Seidenbau losgehn daß es wettert; allein —
aber wo tausend noch einmal sie sind doch nicht
feucht geworden? a propos! hast du denn —
weißt du nicht, hör einmal! mit dem Ofen, der
dazu muß gebauet werden, wie macht man das?
ich denk, ich muß nach Leipzig an einen Gelehr=
ten schreiben.

Hr. v. Zopf. Ich dächte, du thätest lieber
eine Reise hin.

Hr. v. Biederl. Oder ich will den jungen Zie=
rau in Naumburg, das will doch auch ein Oekonom
sonst seyn — was es doch für wunderbare Ge=
schöpfe Gottes in der Welt giebt, so ein klein
schwarz Eychen! wer sollte das meynen, das
da ein Ding herauskommt, das so erstaunende
Gewebe spinnt? A propos! hast du keine
Nachricht von Rom?

Hr. v. Zopf. Ja freylich und recht er=
wünschte.

Hr. v. Biederl. O mein allerliebster Zopf (ihm
um den Hals fallend) bald hätt ich Ey und alles
verschüttet — was ists, was giebts? ist er noch
am Leben? ist eine Spur von Hofnung da?

F. 2   Hr.

Hr. v. Zopf. Er lebt nicht allein, er ist wiederzfunden worden, du wirst ihn sehen.

Hr. v. Biederl. O du bist ein Engel, so schiessen wir uns nicht, so ist alles vergeben und vergessen. Verzeih du mir nur, ich will dich in Dresden auf dem öffentlichen Rathhaus' um Verzeihung bitten.

Hr. v. Zopf. Komm nur mit zurück nach Naumburg, da will ich dir meinen Brief vorlesen, aber nicht eher, als bis du mich in Gegenwart Freudendahls um Verzeihung bittest. Hernach wollen wir zusammen in dein Haus gehn, da werden dir die Deinigen das übrige erzehlen.

Sechste Scene.

In Naumburg.

Wilhelmine auf einem Bette liegend. Frau v. Biederling und Graf Camäleon stehen vor ihr.

Wilhelmine.

Ich will von keinem Troste wissen, laßt mich, laßt mich, ich will sterben.

Fr.

Fr. v. Biederl. Deiner Mutter zu Lieb, deinem Vater — nur ein klein klein Schälchen warme Suppe —— Du tödtest uns mit deinem verzweifelten Gram.

Wilhelmine. Wie soll ich essen, er ist nicht mehr da, wie kann ich essen? Ohne Abschied von mir zu nehmen. Er ist erschossen; er ist ertrunken! o liebe Mama! warum wollen Sie grausamer gegen Ihr Kind seyn, als alles, was grausam ist? warum wollen Sie mich nicht sterben lassen?

Fr. v. Biederl. Der Unmensch! ohne seine Mutter zu sehen.

Graf. Wenn man nur errathen könnte, wo er wäre. Und sollt ich bis an den Hof reisen.

Fr. v. Biederl. O Herr Graf! womit haben wir die Güte verdient, die Sie für unser Haus haben?

Graf. Ich will gleich meinen Gustav nach Dresden abfertigen, vielleicht frägt er ihn dort aus. Ich weiß schon, zu wem ich ihn schicke.

Fr. v. Biederl. Ich möchte den Schlag kriegen, wenn ich der Sache nachdenke. Mein einziger Sohn — ich hab ihn vor den Augen und — fort —

Wilh.

Wilhelmine. O weh! o weh!

Fr. v. Biederl. Soll man den Doktor ho=
len? Unbarmherziges Kind!

Wilhelmine. Ja wenn er tödten kann, ho=
len Sie ihn.

Graf. Um Ihrer unschätzbaren Gesundheit
willen. —

Fr. v. Biederl. Da hilft kein Zureden,
Herr Graf! Der liebe Gott hat beschlossen, es
aus mit uns zu machen. O ich unglücklich
Weib! (weint)

Herr von Biederling kommt.

Hopsa, Viktoria, Vivat! Was giebts,
Weib! Mädchen! wo steckt ihr? wo ist unser
Sohn? geschwind, heraus mit ihm, wo ist
er? — Na was soll das bedeuten?

Fr. v. Biederl. Nach wem fragst Du?

Hr. v. Biederl. Ist das Freud oder Leid? --
Ha ha, ich merk, ihr wollt mich überrumpeln.
Nur heraus mit ihm, ich weiß alles, Zopf hat
mir alles gesagt — —

Fr. v. Biederl. Du weißt alles und kannst
lustig seyn? Nun so sey doch die Stunde ver=
flucht — —

Hr.

Hr. v. Biederl. Nun was ists, Gott Herr — —! fängst du schon wieder an zu weissagen? — wo ist er?

Fr. v. Biederl. Reis' ihm nach, Unmensch! es ist dein Ebenbild.

Graf. Der Prinz ist verschwunden.

Hr. v. Biederl. Tausend Sakkerment, was geht mich der Prinz an? nach meinem Sohn frage ich.

Fr. v. Biederl. Ist der Mann rasend worden?

Hr. v. Biederl. Meinen Sohn! heraus damit, oder ich werd rasend werden, was sollen die Narrenspossen, ich will ihn sehen. Mine, wo ist dein Bruder, ich befehle dir, daß du mirs sagen sollt.

Wilhelmine. (schluchsend) Der Prinz?

Hr. v. Biederl. Der Prinz dein — (sinkt auf einen Stuhl) Gott allmächtiger Vater —

Fr. v. Biederl. Hats dir Zopf nicht gesagt?

Hr. v. Biederl. (starr an die Erde sehend) Nichts — nichts —

F 4 **Graf.**

Graf. Er ist verschwunden, kein Mensch kann ihn erfragen, ich will aber sogleich

(geht ab)

Fr. v. Biederl. Er hat ein englisches Gemüth, der Graf.

Hr. v. Biederl. Das — das — (steht auf und geht herum) Gott du Allmächtiger! womit hab ich deinen Zorn verdient!

Magister Beza kommt.

Ich komme, Ihnen meinen herzlichen Glückwunsch und zugleich meine aufrichtige Kondolenz —

Hr. v. Biederl. Hier, Herr Magister! reden Sie mit meiner Frau, ich kann Ihnen nicht antworten. Hier ist lauter Jammer im Hause (setzt sich aufs Bett) Mine! Mine! was werden wir anfangen?

Magister. Erlauben Sie mir, Ihnen zu sagen — mir ist alles bekannt, es hat sich das Gerücht von dieser wunderseltsamen Begebenheit schon in ganz Naumburg ausgebreitet, aber erlauben Sie mir, Ihnen zu Ihrem Trost aus Gottes Wort zu zeigen, daß bey der ganzen Sache Gott Lob und Dank nicht die geringste Gefahr ist.

Hr.

Hr. v. Biederl. Wie das? Herr Magister! wie das?

Magister. Ja das ist zu weitläuftig Ihnen hier zu expliciren, aber soviel kann ich Ihnen sagen, daß die grösten Gottesgelehrten schon über diesen Punkt einig —

Hr. v. Biederl. So will ich eine Reise nach Leipzig, vielleicht können sie mir die Heirath gültig machen. Herr Magister, Sie begleiten mich — Mine, beruhige dich.

Wilhelmine. Nimmer und in Ewigkeit.

Magister. Ja, wenn ich nur von meiner Schule mich losmachen — ich wollte Ihnen sonst aus den arabischen Sitten und Gebräuchen klar und deutlich beweisen —

Hr. v. Biederl. Ey' was, mit der Schule, das will ich verantworten, kommen Sie nur mit mir, Sie können vielleicht den Leipziger Gelehrten noch manches Licht über die Sachen geben, das bin ich versichert, Herr Magister, sie sind ein gelehrter Mann, das ist der ganzen Welt bekannt.

Magister. O! — ach! —

Hr. v. Biederl. Mine! liebe Mine, so beruhige dich doch! Wir wollen gleich einsteigen,

F 5

gen, Herr! er wird noch nicht abgespannt ha=
ben, und vor allen Dingen, zuerst den Prinzen
aufsuchen. — Mine, gutes Muths, ich bitt
dich um Gotteswillen. (ab)

Siebente Scene.

Auf der Landstraße von Dresden.

Donna Diana. Babet, fahren in der Kut=
sche. Gustav begegnet ihnen reitend.

Donna. (aus der Kutsche)

Halt, wo willt du hin?

Gustav. (fällt vom Pferde) Gnädige Frau!

Donna. Nun bin ich gerochen. Der
Junge hat Gewissen (springt aus dem Wagen)
Wohin? (faßt ihn an) den Augenblick gesteh
mirs.

Gustav. (zitternd) Nach Dresden.

Donna. Hinein in die Kutsch mit dir und
dein Pferd mag nach Dresden laufen. Was
hast du dort zu bestellen gehabt?

Gustav. Ich weiß nicht mehr.

Donna. Gesteh!

Gustav.

Gustav. Zusehen, ob der Prinz Landi dort sey.

Donna. Mag dein Pferd zusehn (faßt ihn untern Arm) In die Kutsche mit dir! sey getrost Junge! es soll dir nichts leids widerfahren. Du bist zu elend, Kreatur! als daß ich mich an Dir rächen könnte. Aber hier gesteh mir nur, hat dein Herr Antheil an meiner Ermordung gehabt?

Gustav. Gnädige Frau!

Donna. Wurm, krümme dich nicht, oder ich zertret dich, hat dein Herr Antheil an meiner Ermordung gehabt?

Gustav. Ich will Ihnen alles erzählen.

Donna. So auf denn, in die Kutsche, du sollst das Vergnügen haben mit mir zu fahren. Sey ohne Furcht, wir wollen die besten Freunde von der Welt werden, denn was der Graf dir giebt, kann ich dir auch geben. (steigen in die Kutsche) Fahrt zu!

Ach=

Achte Scene.

Naumburg.

Frau von Biederling. Wilhelmine, jede einen Brief in der Hand.

Frau von Biederling.

Doch in Leipzig — (lieſt)

Wilhelmine. Erſt nach fünf Jahren — Unmenſchlicher! (lieſt)

Fr. v. Biederl. Ich bin fertig.

Wilhelmine. (küßt ihren Brief) Doch! (reicht ihn der Mutter) Mein Todesurtheil. — Er will, ich ſoll ihn erſt haſſen lernen, bevor ich ihn ſehen darf. —

Fr. v. Biederl. Da kannſt du ſehn, wie er gegen dich gedacht hat. Ich wünſchte nicht, daß der Vater ihn zurückbrächte, er hat kein Gemüth für dich, er hat dich nie geliebt.

Wilhelmine. Wenn Sie ihn kennten.

Fr. v. Biederl. Iſt das Zärtlichkeit? So müßt' es wunderlich zugehn in einem zärtlichen Herzen. Der Graf iſt ein Fremder und fühlt mehr dabey. Ich bin verſichert, er hat geſtern

Nachts

Nachts kein Auge zugemacht, er fällt ja ganz ab, der arme Mensch.

Wilhelmine. Mama, — Sie thun ihm unrecht, Gott weiß, Sie thun ihm unrecht.

Fr. v. Bieberl. Ich verbiete dir, mir jemals wieder von ihm zu reden.

Wilhelmine. Er ist aber Ihr Sohn.

Fr. v. Bieberl. Mit drey Worten bittet er mich ganz kalt, nach Leipzig zu kommen, dir aber nichts davon zu sagen. — Du mußt ihn vergessen.

Wilhelmine. Vergessen?

Fr. v. Bieberl. Was denn? dich zu Tod um ihn grämen? — Um ihn zu vergessen, mußt du dich zerstreuen, dein Herz an andere Gegenstände gewöhnen, bis du Meister drüber bist. Du warst ja wie blind, so lang er um dich war. Ich werd nicht nach Leipzig reisen, du liegst mir zu sehr am Herzen.

Wilhemine. Ach meine gütige Mutter!

Fr. v. Bieberl. Wenn du ihr nur folgen wolltest.

Wilhelmine. Erst nach fünf Jahren?

Fr. v. Bieberl. Vergiß ihn.

Wil=

Wilhelmine. Er hält es für Sünde, mich eher zu sehen?

Fr. v. Biederling. Er hat dich nie geliebt. Vergiß ihn.

Wilhelmine. Wenn ich nur könnte.

Fr v. Biederling. Du mußt — oder du machst uns alle unglücklich.

Wilhelmine. Ja ich will ihn hassen, da=mit ich ihn vergessen kann.

Neunte Scene.

Ein Caffeehaus in Leipzig.

Herr von Biederling und Magister rauchen Taback, der Caffeewirth steht vor ihnen, schenkt ihnen ein.

Caffeewirth.

Ja es ist ein eigener Hecht, wir haben hier viel gehabt, aber von der Espece nicht. Da war einer, der hundert tausend Gulden hier jährlich verzehrt hat und lag den ganzen Tag bey Keinerts, aber er machte nichts, behüte Gott! er hatte sein Buch in der Hand und studirte dort, der selige Professor Gellert selber hat ihm das Zeugniß gegeben, er sey der ge=

schick=

schickteste Mann unter allen seinen Zuhörern gewesen.

Hr. v. Biederl. Und wissen nicht, wo er itzt logirt?

Caffeewirth. Der Prinz aus Arabien? ey nun, das wollen wir bald wissen. Sie dürften nur im Vorbeygehn im blauen Engel nachfragen, da werden Sie Wunderdinge von ihm hören. Alle Tage, sag ich Ihnen, ist Assemblee bey ihm von Bucklichten, Lahmen, Blinden, fressen und sauffen auf seine Rechnung, als ob sie in einem Feenschloß wären, denn ihn kriegt man nie zu sehen. Ich sagte neulich zum Herrn Gevatter im Engel, weiß er denn nicht, daß in Arabien viel Braminen, oder wie heissen die Mönche da, die thun oft dergleichen Gelübde und ziehn in der Welt herum.

Magister. O der Einfalt!

Caffeewirth. He he he, Herr Magister! Sie müssen mich derhalben nicht auslachen, ich rede von den Sachen, wie ichs verstehe. Andere wollen sagen, er hab ein Duell gehabt, und um sich das Gewissen etwas leichter zu machen. — das ist wahr, daß er was auf dem Her-

Herzen haben muß, denn ich hab ihn einmal
gesehen, da sah er aus, Gott verzeih mir, wie

— — — — — — — — —

Hr. v. Biederl. (eben im Trinken begriffen,
läßt die Tasse aus der Hand fallen) Herr!
warum erzehlt er mir das?

Caffeewirth. Ja so — ich wußte nicht,
daß Sie den Herrn kennten, ich bitt um Verzeihung. — Marqueur, lauft gleich in Engel, fragt nach, wo der fremde Prinz logirt,
der vorige Woche ankommen ist.

Zehnte. Scene.

Ein Saal. Gedekte Tafel. Bediente.
Eine Gesellschaft Bettler und Pöbel um
den Tisch herum schmausend.
Ein Bucklichter.

Des Prinzen Gesundheit, ihr Herren!

Lahmer. Ein braver Herr! Gott tröst ihn!

Blinder. Wenn mir Gott nur die Gnade
verleihen wollt, ihn von Angesicht zu sehen.

Ein anderer Blinder. Ich wünscht ihn
nicht zu sehen, er soll ja immer so traurig aus-
sehn und das würd mir das Herz brechen.

Lah-

Lahmer. Er soll ein wunderschön Weib verloren haben. Ja ja, der Tod will auch was saubers haben, die lahmen Hunde läßt er leben. (schenckt sich ein) ihre Gesundheit Leut', trinkt ihre Gesundheit (stossen an)

Blinder. Wo seyd ihr, ich will auch anstossen?

Lahmer. Ihr nicht, sonst begießt ihr uns die Hosen.

Prinz Tandi. (kommt herein) Was macht ihr? wen gilts?

Lahmer. (steht auf) Herr, ihr kommt zu rechter Zeit (schenkt sich ein) ich muß euch was ins Ohr sagen, gnädiger Herr (hinkt auf der Krücke zu ihm)

Prinz. (geht ihm entgegen) So bleibt doch, ich kann ja zu euch kommen. (beyde bleiben mitten in der Stube stehen)

Lahmer. (hebt das Glas in die Höhe) Herr Prinz! Gott wird mich erhören, ich trink eine Gesundheit, die sich nicht sagen läßt, aber sie geht mir von Herzen, Gott weiß!

Prinz. Wessen denn? heraus damit.

Lahmer. Ja verstellt euch nur, ihr wißt wohl, wen ich meyne. Es lebe — haben

Sie

Sie die werthen Eltern noch am Leben? nun
so gehen die voran (trinkt das Glas aus) aber
das war noch nicht das rechte. (wieder zum Tisch
und schenkt sich ein)

Prinz. Ich wollt, ich könnte dir die Füsse
wiedergeben.

Lahmer. Braucht sie nicht.—— (hinkt aber
zum Prinzen, das Glas hoch) Es lebe — es
lebe — es lebe (bey ihm) euer allerdurchlauch-
tigster Schatz. (trinkt. Prinz schleunig ab)

Alle. Des Prinzen Schatz (werfen die Glä-
ser aus dem Fenster)

Herr v. Biederling und der Magister treten
herein.

Hr. v. Biederl. Ey der Hagel! was ist das?
bald möcht ich lachen.

Magister. Orientalisch! orientalisch!

Lahmer. Kommt ihr, müßt mit uns trinken
(bringt Biederling ein Glas) Geschwind, kein
Cerimoniums! und ihr Herr Schwarzrock, du
Buckel! hol's Glas her, hurtig.

Hr. v. Biederl. Aber ihr seyd mir ein
schlechter Credenzer, ihr habt mir das Glas halb
ausgeschüttet.

Lah=

Lahmer. Und ihr jagt das Glas so in Hals, ohn' einmal dabey zu sagen auf des Prinzen Wohlseyn? Wollt ihr den Augenblick sagen oder (hebt den Stock und fällt überlang.)

Hr. v. Biederl. Ha ha ha, auf des Prinzen Wohlseyn (zum Magister) Hören Sie, das Ding geht mir durchs Herz, ich könnte weinen darüber.

Magister. (trinkt) Auf des Prinzen Wohlseyn.

Hr v. Biederling. (zu einem Bedienten) Geht sagt meinem Sohne, ich möcht ihn sprechen.

Lahmer. Was denn? euer Sohn? nu so (wirft die Krücke in die Höh und fällt wieder zu Boden) nu so — ists wahr, daß ihr sein Papa seyd? Das wird ihm Freude machen, das wird ihm Freude machen, ich hab eure Gesundheit trunken, Gott hat mein Gebeth erhört. — Saufft Brüder, saufft! wenn mir einer hundert Thaler geschenkt hätte, so vergnügt hätte es mich nicht gemacht.

G 2   Eilf:

Eilfte Scene.

Ein Gärtgen am Gasthofe.

Prinz Tandi. Magister Beza. Bedienter.

Prinz.

Jch kann ihn nicht sehen, ich kann noch nicht. Fühlt ihr das nicht, warum? Und wollt trösten, mit solch einem Herzen trösten? Leidige Tröster, laßt mich!

Beza. Aber womit hab ich denn verdient, daß Sie mir Ungerechtigkeiten sagen? Da ich in der besten Absicht und so zu sagen von Amts und Gewissenswegen —

Prinz. Ich hasse die Freunde in der Noth, sie sind grausamer als die ärgsten Feinde, weit grausamer. Ihr kommt, Höllenstein in meine ofne Wunde zu streuen, fort von mir.

Beza. Ich kann und darf Sie nicht verlassen. Die christliche Liebe —

Prinz. Ha die christliche Liebe! entehrt das Wort nicht! wenn ihr mit mir fühltet, so würdet ihr begreifen, daß das, was ihr dem Unglücklichen nehmen wollt, sein Schmerz, sein einziges höchstes Gut ist, das letzte, das ihm übrig bleibt, entreißt ihr ihm, Barbaren!

Beza. Was das nun wieder geredt ist.

Prinz.

Prinz. Es ist wahr geredt! Ihr habt noch nie alles verloren, alles, alles, was Ruhe der Seelen und Wonne nach der Arbeit geben kann, jetzt muß ich meine Wonne in Thränen und Seufzern suchen, und wenn ihr mir die nehmt, was bleibt mir übrig, als kalte Verzweiflung.

Beza. Wenn ich Ihnen nun aber begreiflich mache, daß all ihre Bedenklichkeiten nichts sind, daß Gott die nahen Heirathen nicht verbothen hat —

Prinz. Nicht verbothen?

Beza. Daß das in der besondern Staatsverfassung der Juden seinen Grund gehabt, in den Sitten, in den Gebräuchen, daß weil sie ihre nächsten Anverwandte ohne Schleyer sehen durften, um der frühzeitigen Hurerey vorzubeugen. —

Prinz. Wer erzählt euch das? Weil die Ehen mit Verwandten verboten waren, durften sie sie ohne Schleyer sehen, wie die Römer sie küssen durften. Wenn Gott keine andere Ursach zu dem Verbot gehabt, dürfte er nur das Entschleyern verboten haben.

Beza. Sie sollten nur den Michaelis lesen. Es war eine bloß politische Einrichtung Gottes,

die

die uns nichts angieng, wenns ein allgemein
Naturgesetz gewesen wäre, würde Gott die Ursache des Verbots dazu gesetzt haben.

Prinz. Steht sie nicht da? steht sie
nicht mit grossen Buchstaben da? soll ich euch
den Staar stechen?

Beza. Ja was? was? du sollt deine
Schwester nicht heirathen, denn sie ist deine
Schwester.

Prinz. Versteht ihr das nicht? Weh euch,
daß ihrs nicht versteht. Auf eurem Antlitz dan-
ken solltet ihr, daß der Gesetzgeber anders sah
als durch eure Brille. Er hat die ewigen Ver-
hältnisse geordnet, die euch allein Freud und
Glückseligkeit im Leben geben können und ihr
wollt sie zerstören? O ihr Giganten, hütet euch,
daß nicht der Berg über euch kommt, wenn ihr
gegen den Donnerer stürmen wollt. Was
macht das Glück der Welt, wenn es nicht das
harmonische, gottgefällige Spiel der Empfindungen, die von der elendesten Kreatur bis zu
Gott hinauf in ewigem Verhältnis zu einander
stimmen? Wollt ihr den Unterscheid aufheben,
der zwischen den Namen Vater, Sohn, Schwester, Braut, Mutter, Blutsfreundin obwaltet?
wollt ihr bey einem nichts anders denken, keine
                                                    an-

andere Regung fühlen als beym andern? nun
wohl, so hebt euch denn nicht übers Vieh, das
neben euch ohne Unterschied und Ordnung be=
springt was ihm zu nahe kommt und laßt die
ganze weite Welt meinethalben zum Schweinstall
werden.

Veza. Das ist betrübt. Sie sind hart=
näckig darauf, Ihr Gewissen unnöthiger weise
zu beschweren, sich und Ihre Schwester unglück=
lich zu machen —

Prinz. Das war ein Folterstoß. Solltest
du dies Gemählde nicht lieber aus meiner Phan=
tasey weggewischt haben? Ich sehe sie da lie=
gen, mit sich selbst uneins, voll Haß und Liebe
den edlen Kampf kämpfen, die Götter ankla=
gen und vor Gott sich stumm hinwinden — (fällt
auf eine Grasbank) Ach Grausamer!

Veza. (nähert sich ihm) Alles das können
Sie ihr erspahren.

Prinz. Und das Gewissen vergiften? Fort,
Verräther! das Bewußtseyn recht gethan zu ha=
ben, kann nie unglücklich machen. Gram und
Schmerz ist noch kein Unglück, sie gelten ein
zweydeutig Glück, dessen unterste Grundlage
Gewissensangst ist. Wilhelmine wird nicht ewig
elend seyn: unverwahrloste Schönheit hat Bey=

stand

stand im Himmel und braucht keines verrätheri=
schen Trostes.

Beza. Soll ich Ihren Vater rufen?

Prinz. Um ihr Bild mir zu erneuern? ——
Hinter mich, Satan! (stößt ihn zum Garten naus)

Zwölfte Scene.
eine Straße in Leipzig.

Herr von Biederling. Magister Beza.
Herr von Biederling.

Nichts. Ich will an Hof reisen und wenn das
Konsistorium die Heirath gut heißt, soll er
mir sein Weib wiedernehmen und sollt ich ihn
mit Wasser und Brod dazu zwingen. Wenn
der Bengel nicht mit gutem will — meinethal=
ben, er soll mich nicht zu sehen kriegen, aber
er soll mich fühlen. Und Sie bleiben hier in=
cognito, Herr Magister! und wenden kein Au=
ge von ihm, ich denke, er wird sobald nicht aus
Leipzig und im Fall der Noth dürfen Sie nur
von meinetwegen Arrest auf seine Sachen legen,
er kann nicht fortreisen, wenn er eine Sache
hat, die noch anhängig beym Gerichte des Lan=
des ist.

Drey=

Dreyzehnte Scene
in Naumburg.

Graf Camäleon.   Zierau.
Graf.

Ich möchte das artige junge Weib gern aus ihrer Melancholey heraustanzen. Ihr Vater soll ein artiges Landhaus hier in der Nähe haben, könnten wir wohl da Platz für ein zwanzig dreissig Personen —

Zierau. Lassen Sie mich nur dafür sorgen. Obschon mein Vater nicht zu Hause ist — ich werd es bey ihm zu verantworten wissen.

Graf. Was könnte der Spaß kosten?

Zierau. Geben Sie mir vor der Hand ein zwanzig, dreissig Dukaten in die Hand, ich will sehen, wie weit ich mit komme. Es kommt oft viel darauf an, wie man die erste Einrichtung macht. —

Graf. Es kommt hier hauptsächlich auf Geschmack an und ich weiß, den haben Sie. An den Kosten brauchen Sie mir nichts zu sparen. Wie weit ists von hier?

Zierau. Eine gute Stunde.

Graf. Desto besser, ich säh' gern, daß wir einige Tage draus blieben. Hätten Sie Betten im Nothfall?

G 5

Zierau.

Zierau. Ich kann schon welche bereit halten laſſen.

Graf. Ich möcht überhaupt die Gelegenheit beſehen. Wollen wir eine Spazierfarth hinausthun? Guſtav! — Johann! wollt ich ſagen, iſt Guſtav noch nicht zurück? Spannt mir das Capriolet an, ich will ausfahren mit dem Herrn da.

Zierau. Ich will gleich vorher gehn und Anſtalten machen, daß die gehörige Proviſionen an feinen Weinen und an Punſch, Arrak Zitronen — die Dames lieben das, wenn ſie getanzt haben.

Graf. Können Sie guten Punſch machen? und ſtark, ſonſt lohnts nicht.

Zierau. Ich weiß nichts reitzenders, als eine Dame mit einem kleinen Räuſchgen. Sollen auch Masken ausgetheilt werden?

Graf. O ja, wer will — das war ein guter Einfall — ich will ſelbſt en Masque erſcheinen — recht ſo, es ſoll niemand ohne Maske heraufgelaſſen werden — und ein bequem Zimmer zum Umkleiden haben Sie doch? wir wollen alles beſehen.

Vier=

Vierter Akt.

Erste Scene
in Naumburg.

Frau v. Biederling legt zwey Domino übern Stuhl. Wilhelmine am Rahmen nähend.

Wilhelmine.

Aufrichtig zu seyn —

Fr. v. Biederl. Na was ist?

Wilhelmine. Wenn ich Ihnen die Wahrheit sagen soll, Mama —

Fr. v. Biederl. Sag ich nicht? So oft sie am Rahmen sitzt, ists, als ob ein böser Geist in sie — weißt du denn nicht, daß es Sünde ist, an ihn zu denken? wozu soll die Narrentheiding, wahrhaftig eh du dich versiehst, schneid ichs heraus und ins Feuer damit.

Wilhelmine. Sie würden damit nur übel ärger machen.

Fr. v. Biederl. Willst du dich anziehn oder nicht? Ganz gewiß wird die Gesellschaft schon einige Stunden auf uns gewartet haben.

Wil=

Wilhelmine. (seufzt) Sie werden böse werden.

Frau v. Biederling. Was denn? Hast du
schon wieder deinen Kopf geändert? Alberne
Kreatur. Nein, Gott weiß, das ist nicht aus-
zustehen. Gestern verspricht sie dem Grafen
feyerlich —

Wilhelmine. Ihnen zu gefallen.

Fr. v. Biederling. Mir? willt du ewig
zu Hause hucken und dir den Narren weinen?
was soll da herauskommen? Geschwind thu
dich an, es soll dich nicht gereuen, du bist ja unter der Maske, kannst tanzen oder zusehn, wie
dirs gefällt, wenn du dich nur zerstreust.

Wilhelmine. Ach in solcher Gesellschaft!
Lustige Gesellschaft ist eine Folterbank für Un-
glückliche.

Fr. v. Biederl. Was denn? zu Hause
sitzen und Verse machen? — Da kommt wahrhaftig schon Bothschaft nach uns.

Zierau (ganz geputzt) Verzeihen Sie, gnädige Frau!.. gnädige! daß ich Sie vielleicht
zu früh überfalle. Ich bin mit der Kutsche
hereingefahren, Sie abzuholen. (zu Wilhelminen) Es ist ein klein Divertissement, so Sie Ihrem Schmerz geben.

Wil-

Wilhelmine. Hier ist mein Divertissement.

Zierau. Wie? was? Ach Sie machens wie Penelope, um die Anbeter Ihrer Reitzungen aufzuhalten — nicht wahr, bis Sie die Stikkerey fertig haben, dann — was ist das Dessein, mit Ihrer gnädigen Erlaubniß (stellt sich vor den Rahmen) wie, das ist ja vortreflich, vortreflich — aber zu betrübt, gnädige Frau, viel zu ernsthaft, zu schwarz — bey allen Liebesgöttern und Grazien! das ist ja wohl gar Hymen, der seine Fackel auslöscht. Aus welchem alten Leichensermon haben Sie denn die Idee entlehnt? Vortreflich gezeichnet, das ist wahr, die Stickerey ist bewundernswürdig! wie sein trostloses Auge durch die Hand blickt, mit der er die Stirn hält! das bringt all mein Blut in Bewegung.

Wilhelmine. Es ist aus einer Vignette, über Hallers Ode auf seine Mariane.

Zierau. Ey so lassen Sie Haller Haller seyn, hat er doch auch wieder geheirathet.

Wilhelmine. Ich wünscht, ich hätt' eine Leiche zu beweinen. Aber itzt, da Hymen unsere Fackel auslöscht, eh sie ausgebrannt ist, itzt — (weint) Sprechen Sie mich loß, Herr Bakkalaureus, der Graf wird mirs nicht übel nehmen.

Zierau.

Zierau. Aber mir. Das ganze Fest verliert seinen Glanz, wenn Sie nicht drauf erscheinen. Sie dürfen sich nur zeigen, Sie dürfen nicht tanzen: Bedenken Sie, daß sie den Himmel von Grazie der Welt schuldig sind.

Wilhelmine. Ich kann Ihre Schmeicheleyen jetzt mit nichts beantworten als Verachtung. Nehmen Sie mirs nicht übel. Was würde dort geschehen, wenn ein Fremder mir anfienge mit seinen Schellen unter die Ohren zu klingen.

Frau v. Bieberl. Sie ist auf dem Wege, sag ich ihnen, den Verstand zu verlieren.

Donna Diana tritt mit Babet herein.

Donna. Ich komme unangemeldet, gnädige Frau! Der Graf Camäleon, der in Ihrem Hause logiren soll, giebt, wie ich höre, ein Festin. Ich bin eine gute Bekannte von ihm, die er wiederzusehn sich nicht vermuthen wird.

Fr. v. Bieberl. Doch wohl nicht die Spanische Gräfin, seine Brudersfrau.

Donna. Seine Brudersfrau? Ja seine Brudersfrau. Ich möcht ihm gern bey dieser Gelegenheit eine unvermuthete Freude machen.

Fr.

Fr. v. Biederl. Der Herr Gemahl vielleicht angekommen? Es ist mir ein unerwartetes Glück —

Donna. Keine Komplimenten, Frau Hauptmann! Hab ich Raum in Ihrer Kutsche? Meine würd er wieder erkennen.

Wilhelmine. O wenn Euer Gnaden meinen Platz einnehmen wollten —

Donna. Ihren Platz, mein Kind? O Sie sind sehr gütig. Ha ha ha, verzeihen Sie, es zog mir ein wunderlicher Gedanke durch den Kopf! Es würde mir aber leid thun, mein artiges Kind! wenn ich Sie um Ihren Platz bringen sollte.

Zierau. (zu Wilhelminen, leise) Was wird aber der Graf sagen, gnädige Frau, wenn Sie —

Wilhelmine. Euer Gnaden erzeigen mir einen unschätzbarn Gefallen. Ich habe fast dem dringenden Anhalten des Herrn Grafen und seines Abgesandten nicht widerstehen können.

Donna. In der That? ist der Abgesandte so dringend? ich kenne meinen Schwager, er ist sehr galant, aber nicht sehr dringend, vermutlich wird sein Abgeordneter seinen Fehler haben ersetzen wollen. Sie bleiben also gern zu Hause, Fräulein? und

und leihen mir Ihre Maßke, das ist vortreflich, ha
ha ha, der Einfall kommt wie gerufen, ich hätt
ihn nicht schöner ausdenken können (legt das Domino an) und damit sind wir fertig, kommen
Sie, Frau Hauptmann, wir haben hier keine
Zeit zu verlieren. Und Sie, mein Herr, sehn
aus wie ein Schachkönig, dem die Königin genommen wird. Geben Sie sich nur zufrieden,
wir spielen nicht auf Sie. — Ihre Hand,
wenn ich bitten darf. Adieu, Fräulein, wenn
ich Ihnen wieder einen Gefallen thun kann —
meine Dame d'honneur bleibt bey Ihnen.

Zweyte Scene

Vor dem Landhause des Bakkalaureus. Eine
Allee von Bäumen. Es ist Dämmerung.
Der Graf in der Maßke spaziert auf
und ab.

Graf.

Der verdammte Kerl, wo er bleibt! wo er
bleibt, wo er bleibt! Gleich wollt er
zurück seyn, wollt fliegen wie Phaton mit den
Sonnenpferden — poetischer Schurke! Wenn
ich sie nur zum Tanzen bringe! Die Musik,
die schwärmende Freude überall, der Tumult
ihrer Lebensgeister, der Punsch, mein Pülver-
chen

chen — o verdammt! (ſich an die Stirn ſchla-
gend) wie thut es mir im Kopf ſo weh! Wenn
er nur käme, wenn er nur käme, aller Welt
Teufel! wenn er nur käme! (ſtampft mit dem
Fuß) Wo bleibt er denn? Ich werde noch
raſend werden, eh alles vorbey iſt und denn iſt
mein ganzes Spiel verdorben. Vielleicht amü-
ſirt er ſich ſelbſt mit ihr — hölliſcher Satan! ich
habe nie was von der Hölle geglaubt und alle
dem Kram (ſchlägt ſich an den Kopf und an die
Bruſt) aber hier — und hier — ich muß
ſelbſt nach der Stadt laufen — ſie wird ihre
Meynung geändert haben, ſie kommt nicht —
vielleicht iſt der Prinz zurückgekommen — vielleicht — ich muß ſelbſt nach der Stadt laufen
und wenn der Teufel mich zu Ihren Füßen holen ſollte. —

Dritte Scene
in Naumburg.

Wilhelmine und Babet ſpazieren im Garten.
Wilhelmine.

O gehn Sie noch nicht weg, meine liebe,
liebe Frau Wändeln! Wenn Sie wüſten,
wie viel Troſt Ihre Gegenwart über mich aus-

H   brei-

breitet! ich weiß nicht, ich fühl einen unbekann=
ten Zug — ich kanns Ihnen nicht bergen, die
unbekannten Mächte der Sympathie spielen bis=
weilen so wunderbar, so wunderbar. (küßt sie)

Babet. (fällt ihr weinend um den Hals) Ach
mein unvergleichliches Minchen.

Wilhelmine. Was haben Sie?

Babet. Ich kann es nicht länger zurück=
halten, und sollte die Donna mit gezücktem Dolche
hinter mir stehen. Es ist Lebensgefahr dabey,
Minchen! aber Sie länger leiden zu sehen, das
ist mir unmöglich, Sie sind des Prinzen Tandi
Schwester nicht.

Wilhelmine. Wie das? meine Theure!
wie das? Ich umfasse Dein Knie!

Babet. Die Donna ist seine Schwester, ich
war Ihre Amme, ich habe Sie vertauscht.

Wilhelmine. O meine Amme! (sie umhal=
send) o du mehr als meine Mutter! o du giebst
mir tausend Leben. Komm, komm, sag mir,
erzehl mir, ich kann die Wunder nicht begrei=
fen, ich kann sie nur glauben und selig dabey
seyn. Nimm mir den letzten Zweifel, wenn
diese Freude vergeblich wäre, das wäre mehr
als grausam.

$\hfill$ **Babet.**

Babet. (schluchſend) Freuen Sie ſich —
ſie iſt nicht vergeblich. Ihr Vater iſt der ſpaniſche Graf Aranda Velas, der zu eben der Zeit
am Dresdner Hofe ſtand, als der Hauptmann
in den Schleſiſchen Krieg mußte. Seine Frau
folgte ihm und ließ ihr neugebohrnes Kind einer Pohlin, bis ſie wiederkäme, welcher ich Sie
gleichfalls auf einige Tage anvertrauen mußte,
weil mir die Milch ausgegangen war. Da be-
ſuchte Sie Ihre Mutter einſt und weil Sie
obenein einen Anſatz von der engliſchen Krankheit zu bekommen ſchienen, ſo beredete ich Ihre
Eltern ſelber mit zu dieſem gottloſen Tauſch.
Ich habe dafür genug von dieſer Donna aus-
ſtehen müſſen, aber Sie, meine Theure, (kniend)
Sie, die Sie Ihr ganzes Unglück mir allein zu-
zuſchreiben haben, Sie haben mich noch nicht
dafür geſtraft.

Wilhelmine. Mit tauſend Küſſen will ich
dich ſtrafen. Unausſprechlich glücklich machſt
du mich jetzt. Auf, meine Theure, in den
Wagen laß uns werfen und ihn aufſuchen, ihn,
der mir alles war, ihn, der mir jetzt wieder
alles ſeyn darf, meinen einzigen ihn. O! o!
was liegt doch in Worten für Kraft, was für

H 2   ein

ein Himmel! mit drey Worten hast du mich aus
der Hölle in den Himmel erhoben.   Fort nun!
fliegen laß uns wie ein paar Seraphims, bis
wir ihn finden, bis wir — fort! fort! (läuft
mit ausgebreiteten Armen ab)

Vierte Scene.

Vor dem Landhause des Bakkalaureus, welches
mit vielen Lichtern illuminirt erscheint. Es
ist stockdunkel.

Gustav tritt auf.

Das ist wie der höllische Schwefelpfuhl.
    Sie ist da, ja sie ist da, ich habe sie ganz
deutlich in der Kutsche erkannt.   Weiß, daß er
sie hat vergiften lassen und wenn er der Teufel
selber wäre und mit lebendigem Leibe sie holte,
sie liebt ihn. (schlägt sich an den Kopf)   Du allmächtiger Gott und alle Elemente!   Ach du
vom Himmel gestiegene Großmuth, du leben-
diger Engel. (fällt)   Ich kann nicht mehr auf
den Füssen stehn, das ist ärger als ein Rausch,
ärger als Gift —   Ich will herein und sehen,
ob er sie für Wilhelminen hält und rührt er sie
an

an — sein Eingeweid will ich ihm aus dem Leibe reißen, dem seelenmörderischen Hunde —

Fünfte Scene.

Gustav kommt wieder heraus unter der
Larve.

Das ist die Hölle — tanzen herum drin wie die Furien. Er hat ihr Punsch angeboten, ich glaub, es war ein Liebestränkchen. Das Glas stand fertig eingeschenkt, sie wollt die Larve nicht abziehn. Wenn du gewußt hättest, wer sie war, dummer Satan, läßt sie die Larve vorbehalten. Ich will hinein und ihm mein Taschenmesser durch den Leib stoßen, daß er lernt klüger seyn. — Ach Donna! Donna! Donna! wenn ich mit dir verdammt werden könnte, die Hölle würde mir süß seyn. (geht hinein)

Sech-

Sechste Scene.

Der Tanzsaal.

Grosse Gesellschaft.   Da der Tanz pausirt,
führt Zierau Fr. v. Bieberling an den
Punschtisch.

Frau v. Bieberling.

Sie ist verschwunden mit ihm.

Zierau. Befehlen Euer Gnaden nicht Bis-
cuit dazu! — Er hat sie vermuthlich erkannt — ich versichere Sie, er hat sie erkannt, sobald sie in die Stube trat.

Fr. v. Bieberl. So hätt er nicht so verliebt in sie gethan. Glauben Sie mir, es war
mir ärgerlich. Die Gesellschaft steht doch in
der Meynung, es sey meine Tochter, sie hat
vollkommen ihren Gang, ihre Taille — und
er hat sich recht albern aufgeführt.

Zierau. Er hat sie wahrhaftig erkannt.
Mit Ihrer Tochter hätt' er sich die Freyheiten
nimmer erlaubt.

Fr. v. Bieberl. Ich hätte nicht gewünscht,
daß sein Bruder dazu gekommen wäre. Herr
Bakkalaureus, wenn das so fort geht. —

Zierau.

Zierau. Es thut mir nur leid, daß ich meine Absicht nicht habe erreichen können, Ihrer Fräulein Tochter eine kleine unschuldige Zerstreuung zu geben. Sie wird jetzt zu Hause über ihrem Schmerz brüten und um einen so krausen kauderwelschen Ritter Don Quischotte lohnt es doch wahrhaftig der Mühe nicht.

(Es wird Lärmen. Die ganze Gesellschaft springt auf.)

Eine Dame. In der Kammer hier bey.

Ein Chapeau. Die Thür ist verschlossen.

Donna Diana. (schreyt hinter der Scene) Zu Hülfe! er erwürgt mich.

Eine Dame. Man muß den Schlösser kommen lassen.

Ein dicker Kerl. Ich will sie ufrennen.

Zierau. Was ists, was giebts?

Eine Maske. Ein erschröcklich Getös hier in der Kammer.

Eine andere Maske. Hört, welch ein Gekreisch!

Zierau. Tausend ist denn da kein Mittel? — Axt her, Bediente.

H 4   (Der

(Der bике Mann rennt die Thür ein. Ein
stockdunkles Zimmer erscheint.)

Licht her! Licht her! sie liegen beyde auf der
Erde.

(Es werden Lichter gebracht. Donna Diana
rafft sich auf.)

Graf. (zieht sich ein Messer aus der Wunde)
Ich bin ermordet. (man verbindt ihn)

Donna. (mit zerstreutem Haar, das sie in Ordnung zu bringen sucht) Der Hund hat mich er-
würgen wollen. — Was steht ihr? was
gafft ihr, was seyd ihr erstaunt? Daß ich
einen Hund übern Haufen steche, der mich an
die Gurgel packt und daß, weil er mich noth-
züchtigen will und merkt, daß ich nicht die rechte bin.

Zierau. Ums Himmels willen.

Donna. Was, du Kuppler — wo ist
mein Federmesser blieben (faßt ihn an Schopf
und wirft ihn zum Grafen auf den Boden) laß
dir deinen Lohn vom Grafen geben. Er ist
ein Hurenwirth, daß ihrs wißt, daß ihrs an allen Ecken der Stadt anschlagen laßt, daß ihrs
in alle Europäische Zeitungen setzt. Ich will
gleich gehn und das Drachennest hier zerstören,

wart

wart nur, es wird hier doch irgendwo ein Häscher in der Nähe seyn. (ab)

Zierau. Das ist eine Furie.

Graf. Sie hat mir ins Herz gestossen — Helft mir zu Bette (wendt den Kopf voll Schmerz auf die Seite) O! — (starrt) ihr Götter, was seh ich? löscht die Lichter aus! der Anblick ist zu schröcklich.

(Einer aus der Gesellschaft hebt das Licht empor Gustav erscheint in einem Winkel hat sich erhenkt.)

Mein Bedienter oh! (fällt in Ohnmacht)

Fünfter Aufzug.

Erſte Scene.

Auf der Landſtraße von Leipzig nach Dresden ein Poſthaus.

Herr von Biederling. Prinz Tandi, beyde
auf einander zueilend, ſich umhalſend.

Prinz.

Mein Vater!

Hr. v. Biederl. Mein Sohn!

Hr. v. Biederl. Woher kommſt du? wo=
hin gehſt du? Hat dich der verdammte Schul=
kollege doch laufen laſſen? Sag ich nicht? ob
man eine Null dahin ſtellt, oder einen Mann
mit dem ſchwarzen Rock, die Leute ſind doch,
Gott weiß, als ob ſie keinen Kopf auf den
Schultern hätten.

Prinz. Ich gehe nach Dresden.

Hr. v. Biederl. Ja ich will dir — du
ſollſt mir ſchnurſtracks nach Naumburg zurück,

deine

deine arme Schwester wird ja fast den Tod ha=
ben über deinem Aussenbleiben.   Es ist alles
gültig und richtig, das Konsistorium hat kein
Wort wider die Heirathen einzuwenden.

Prinz. (die Augen gen Himmel kehrend)   O
nun unterstütze mich!

Hr. v. Biederl.   Geschwind umgekehrt! für
wen ist das Pferd gesattelt? ha ha, deine Equi=
page wirst du wohl in Leipzig haben lassen müs=
sen? Nun, nun, ich hab ihm doch unrecht gethan,
dem Magister Beza. —   Hurtig, ich befehls
dir! den Reiserock angezogen.   Warum hast
du mich denn nicht sehen wollen, Monsieur! da
ich deinetwegen acht Stunden gefahren war?
Du hast Grillen im Kopf wie die Alchymisten,
und darüber muß Vater und Schwester und Mut=
ter und alles zu Grunde gehn.

Prinz. (umarmt seine Knie)   Mein Vater!
Diese Grillen sind mir heilig, heiliger als
alles.

Hr. v. Biederl.   Sie stirbt, hohl mich der
Teufel, sie muß des Todes seyn für Chagrin,
das Mädchen läßt sich nicht trösten.   Hast du
denn deinen Verstand verlohren, oder willst du
klüger seyn als die ganze theologische Fakultät?
Ich

Ich befehle dir als Vater, daß du dich anziehst
und zurück mit mir, oder es geht nimmer=
mehr gut.

Prinz. Ich will Ihnen gehorchen.

Hr. v. Biederl. So? das ist brav. So
komm, daß ich dich noch einmal umarme und
an mein Herz drücke (ihn umarmend) verlorner
Sohn! Das hab ich gleich gedacht, wenn man
ihm nur vernünftig zuredt, du bist hier nicht in
Cumba, mein Sohn, wir sind hier in Sachsen
und was andern Leuten gilt, das muß uns auch
gelten. Geh, mach dich fertig, du giebst deiner
Schwester das Leben wieder — ich will der=
weil ein Frühstück essen, ich bin hohl mich Gott
noch nüchtern von heut morgen um viere. (ab)

Prinz. Das war der Augenblick, den ich
fürchtete. Ich hab ihn gesehen, Wilhelmine,
deinen Vater gesehen, ich bin zu schwach zu wi=
derstehen. Wenn du Engel des Himmels mich
noch liebst — o daß du mich hassetest! o daß
du mich hassetest! — Wie, wenn ich itzt mich
aufs Pferd schwünge und heimlich fortjagte. —
Aber sie ist mein Fleisch! Gott! sie ist mein
Fleisch. Laß los, theures Weib, heilger Schat=
ten! der Himmel fordert es, deine Ruhe for=

dert

dert es — Triumph — (will aus der Thür.
Wilhelmine und Babet stürzen ihm entgegen)

Wilhelmine. Hier!

Prinz. (ihr zu Füssen) Deinen elenden
Mann!

Wilhelmine. Ist es ein Traum? (umarmt
ihn) Hab ich dich wirklich?

Prinz. Schone meiner! Schone deiner!
O Sünde! wer kann dir widerstehen, wenn
du Wilhelminens Gestalt annimmst?

Wilhelmine. Ich bin deine Schwester
nicht.

Babet. Ich betheur' es Ihnen mit dem
heiligsten Eide, sie ist Ihre Schwester nicht.
Ich war ihre Amme, ich habe sie vertauscht.

Prinz. O mehr Balsam! mehr Balsam!
göttliche Linderung!

Wilhelmine. (wirft sich nochmals in seine Arme)
Ich bin deine Schwester nicht.

Prinz. Das hat mein Schmerz nie gehof-
fet, nie gewünscht! Vom Tode bin ich erweckt.
Wiederholt es mir hundertmal.

Wilhelmine. Ich wünscht in deinen Armen
zu zerfliessen, mein Mann! nicht mehr Bruder!

meia

mein Mann! Ich bin ganz Entzücken, ich bin ganz dein.

Prinz. Mein auf ewig. Mein wiedergefundenes Leben.

Wilhelmine. Meine wiedergefundene Seele!

Hr. v. Biederling mit der Serviette.

Was giebts hier? — Nu Gotts Wunder! wo kommst du her? Sag ich doch, wenn man ihm vernünftig zuredt, da sind sie wie Mann und Frau mit einander und den Augenblick vor einer halben Stunde wollt er sich noch castriren um deinetwillen.

Babet. O wir haben Ihnen Wunderdinge zu erzählen, gnädiger Herr.

Hr. v. Biederl. So kommt herein, kommt herein, schämt euch doch, vor den Augen der ganzen Welt mit seinem Weibe Rebekka zu scherzen, das geht in Cumba wohl an, lieber Mann! aber in Sachsen nicht, in Sachsen nicht. (gehen hinein)

Zwey=

Zweyte Scene.

In Naumburg.

Zierau sitzt und streicht die Geige.   Sein Vater, der Bürgermeister tritt herein im Roquelaure, den Hut auf.

Bürgermeister.

Schöne Historien! schöne Historien! ich will dich lehren Bäll anstellen — — He! Komm mit mir, es ist so schlecht Wetter, ich brauch heut Abend eine Rekreation.

Zierau.   Wo wollen Sie denn hin, Papa? Ich bin schon halb ausgezogen.

Bürgermeister.   Die Fiddel weg! Ins Püppelspiel.   Ich hab mich heut lahm und blind geschrieben, ich muß eins wieder lachen.

Zierau.   O pfuy doch, Papa! Abend für Abend! Sie prostituiren sich.

Bürgermeister.   Sieh doch, was giebts da wieder, was hast du wider das Püppelspiel? Ists nicht so gut als eure da in Leipzig, wie heissen sie?   Wenn ich nur von Herzen auslachen kann dabey, ich hab den Kerl den Hannswurst so lieb,   ich will ihn wahrhaftig diesen Neujahr beschicken.

Zie=

Zierau. Vergnügen ohne Geschmack ist kein Vergnügen.

Bürgermeister. Ich kann doch wahrhaftig nicht begreifen, was er immer mit seinem Geschmack will. Bist du närrisch im Kopf? Bube! warum soll denn das Püppelspiel kein Vergnügen für den Geschmack seyn?

Zierau. Was die schöne Natur nicht nachahmt, Papa! das kann unmöglich gefallen.

Bürgermeister. Aber das Püppelspiel gefällt mir, Kerl! was geht mich deine schöne Natur an? Ist dirs nicht gut genug wies da ist, Hannshasenfuß? willst unsern Herrngott lehren besser machen? Ich weiß nicht, es thut mir immer weh in den Ohren, wenn ich den Fratzen so räsonniren höre.

Zierau. Aber in aller Welt, was für Vergnügen können Sie an einer Vorstellung finden, in der nicht die geringste Illusion ist.

Bürgermeister Illusion? was ist das wieder für ein Ding?

Zierau. Es ist die Täuschung.

Bürgermeister. Tausch willst du sagen.

Zierau. Ey Papa! Sie sehen das Ding immer als Kaufmann an, darum mag ich mich mit Ihnen darüber nicht einlassen. Es giebt
gewisse

gewiſſe Regeln für die Täuſchung, das iſt, für den ſinnlichen Betrug, da ich glaube das wirklich zu ſehen, was mir doch nur vorgeſtellt wird.

Bürgermeiſter. So? und was ſind denn das für Regeln? Das iſt wahr, ich denke immer dabey, das wird nur ſo vorgeſtellt.

Zierau. Ja, aber das müſſen Sie nicht mehr denken, wenn das Stück nur mittelmäſſig ſeyn ſoll. Zu dem Ende ſind gewiſſe Regeln feſtgeſetzt worden, auſſer welchen dieſer ſinnliche Betrug nicht ſtatt findet, dahin gehören vornehmlich die ſo ſehr beſtrittenen drey Einheiten, wenn nemlich die ganze Handlung nicht in Zeit von vier und zwanzig Stunden aufs höchſte, an einem beſtimmten Orte geſchieht, ſo kann ich ſie mir nicht wohl denken und da geht denn das ganze Vergnügen des Stücks verloren.

Bürgermeiſter. Wart! hm! das will ich doch heut examiniren, ich begreif', ich fang an zu begreifen, drey Einheiten, das iſt ſo viel als dreymal eins. Und zweymal vier und zwanzig Stunden darf das ganze Ding nur währen? wie aber, was? es hat ja ſein Tag noch nicht ſo lang gewährt.

Zierau. Ja Vater! das iſt nun wieder ein ganz ander Ding, ich muß mir einbilden, daß

J   es

es nur vier und zwanzig Stunden gewährt
hat.

Bürgermeister. Na gut, gut, so will ich
mirs einbilden — willst du nicht mitkommen?
ich will doch das Ding heut einmal untersuchen,
und verstehn sie mir ihre Sachen nicht, so sollen die Kerls gleich aus der Stadt. (ab)

Dritte Scene.

Zierau im Schlafrock, wirft die Violine auf den
Tisch.

Langeweile! Langeweile! — O Naumburg,
was für ein Ort bist du? Kann man sich
doch auf keine gescheidte Art amüsiren, es ist unmöglich, purplatt unmöglich. Wenn ich Toback
rauchen könnte und Bier trinken — pfuy Teufel! und bey den Mädgens find ich auch nichts
mehr — ich habe zu viel gelebt — was hab
ich? ich habe zu wenig — ich bin nichts mehr.
Wenn ich nur mein Buch zu Ende hätte, meine
Goldwelt, wahrhaftig, ich macht's wie der
Engelländer und schöß mich vorn Kopf. Das
hies doch auf eine eklatante Art beschlossen —
und würd' auch meinem Buche mehr Ansehn geben — hm! wenn ich nur — ich habe noch
nie eine losgeschossen — und wenn ich zitterte
und

und verfehlte wie der junge Brandrecht —
so wenns lange währt, Desperation! so hast du
mich. (wirft sich aufs Bette)

Der Bürgermeister tritt herein mit aufgeho-
benem Stock.

Luderst du noch hier? Wart, ich will dir die
drey Einheiten und die vier und dreißig Stunden zurückgeben, (schlägt ihn) den Teufel auf
deinen Kopf. Ich glaube, du ennuyirst dich, ich
will dir die Zeit vertreiben. (tanzt mit ihm um
die Stube herum).

Zierau. Papa, was fehlt Ihnen, Papa?

Bürgermeister. Du Hund! willst du ehr-
lichen Leuten ihr Plesir verderben? Meinen ganzen Abend mir zu Gift gemacht und ich hatte
mich krumm geschrieben im Comptoir, da kommt
so ein h — föttischer Tagdieb und sagt mir von
dreymaleins und schöne Natur, daß ich den
ganzen Abend da gesessen bin wie ein Narr, der
nicht weis, wozu ihn Gott geschaffen hat. Ge-
zehlt und gerechnet und nach der Uhr gesehen
(schlägt ihn) ich will dich lehren mir Regeln vor-
schreiben, wie ich mich amüsiren soll.

Zierau. Papa, was kann ich denn dafür?

Bürgermeister. Ja freylich kannst du dafür, räsonnire nicht. Ich seh, der Junge

J 2   -   wird

wird faul, daß er stinkt, sonst las er doch noch,
sonst that er, aber itzt — die Stell' an der
Pforte wollt' er auch nicht annehmen, da war
der Herr zu commod zu, oder zu vornehm, was
weiß ich? oder vielleicht, weil da die dreymal
drey nicht beobachtet, wart, ich will dich be-
dreymaldreyen. Du sollst mir in mein Comptoir hinein, Geschmackshöcker! Dich krumm
und lahm schreiben, da soll dir das Püppelspiel
schon drauf schmecken. Hab ich in meinem Leben das gehört, ich glaube, die junge Welt
stellt sich noch zuletzt auf den Kopf für lauter
schöner Natur. Ich will euch curanzen, ich will
euch's Collegia über die schöne Natur lesen, wart nur!

E n d e.

S. 70. Z. 14. statt Seitenwürmchen, lies Seidenwürmchen.